华文微经典

中国微型小说学会
世界华文微型小说研究会
主持

曾
沛

原

创

四川出版集团 ❱❱ 四川文艺出版社

图书在版编目（ＣＩＰ）数据

原创／（马来西亚）曾沛著．—— 成都：四川文艺出版
社，2013.2
（华文微经典）
ISBN 978-7-5411-3657-3

Ⅰ．①原…　Ⅱ．①曾…　Ⅲ．①小小说－小说集－马来
西亚－现代　Ⅳ．① I338.45
中国版本图书馆 CIP 数据核字 (2013) 第 031597 号

华文微经典
HUAWEN WEI JINGDIAN
[世界华文微型小说经典]

原 创
YUAN CHUANG

[马来西亚] 曾沛　著

选题策划　时上悦读
责任编辑　舒晓利　李淑云
封面设计　所以设计馆

出版发行　四川出版集团　四川文艺出版社
社　　址　四川省成都市槐树街 2 号
网　　址　www.scwys.com
电　　话　028-86259285（发行部）　　028-86259303（编辑部）
传　　真　028-86259306
读者服务　028-86259293

印　　刷　北京山华苑印刷有限责任公司
开　　本　650mm×920mm　1/16
印　　张　13
字　　数　120 千
版　　次　2013 年 4 月第一版
印　　次　2014 年 1 月第二次印刷
书　　号　ISBN 978-7-5411-3657-3
定　　价　35.00 元

华文微经典

作者简介

　　曾沛，女，原名曾玉英，祖籍广东番禺，1946 年生于马来西亚，2005 年获马来西亚最高元首封赐拿督勋衔。1965 年开始创作，曾主编《马来西亚当代微型小说选》，系《情爱速食馆》及《皆大欢喜》专栏作者。出版短篇小说集《行车岁月》《行云万里天》《曾沛文集》，以及微型小说集《勿让爱太沉重》《缘来是你》。小说《行车岁月》《人到老年》被选译成马来文。现任马来西亚华文作家协会副会长、马来西亚儒商协会文学组主任、世界华文微型小说研究会副会长、马来西亚华人文化协会顾问。

前言

　　有人曾说，地不分东西南北，凡有人类生活的地方，就有华人的身影。话虽有玩笑的成分，但当前华人遍布世界各地，却也是不争的事实。扎根世界各地的炎黄子孙，他们的生活状况如何？他们的情感世界怎样？他们的所思所想何在？……要找到这些答案，阅读他们以母语写下的文字无疑是最好的方法之一。诚然，并不是有华人的地方就有华文创作，但在一些主要的国家和地区，华文创作几十上百年来一直薪火相传所结出的果实，显然也是令人瞩目的。遗憾的是，因为多种原因，国内的读者多年来对海外的华文创作了解甚少。尤其对广布世界各地的华文微型小说这一重要且具代表性的文体，更只是偶窥一斑而不见全貌。"华文微经典"丛书的出版，可谓弥补了这一缺憾。

　　海外的华文微型小说创作，主要分为东南亚和美澳日欧两大板块。两大板块中，又以东南亚的创作最为积极活跃，成果也更为突出。东南亚华文微型小说创作兴起于二十世纪八十年代初，各国在时间上又略有先后。最早开始有意识地从事微型小说的创作，并且有意识地对这一新文体进行探索、总结和研究，而且创作数量喜人、作品质量达到了一定艺术高度的，是新加坡和马来西亚；稍后于新加坡和马来西亚的是泰国，再后是菲律宾和文莱，再后是印度尼西亚。在发展过程中，各国的创作曾一度因具体的历史原因而存在较大的差距，但这一状况在近十年来正日益得到改善。

美澳日欧板块则因创作者相对分散，在力量的聚集上略逊于东南亚板块。不过网络的发展正在弥补这一缺憾，例如新移民作家利用网络平台对散居各地的创作进行整合，就已显现出聚合的成效。

新移民的创作是海外华文微型小说创作中近十多年来涌现出的一股新力量。尤其是近年来随着作家对当地文化和生活的日渐融入，其创作已日渐呈现出新视野，题材表现也开始渐渐与大陆生活经验拉开了距离，具有了海外写作的特质。

以上是对海外华文微型小说发展的一个简单梳理，而"华文微经典"丛书的出版，正是对这一梳理的具体呈现（为避免有遗珠之憾，丛书也将有别于中国内地写作的港澳地区的华文微型小说写作归入其中）。通过系统、全面、集中的出版，读者不仅可以得见世界范围内华文微型小说创作风姿多样的全貌，更可从中了解世界各地华人的文化与生活状况，感受他们浓郁的文化乡愁，体察他们坚实的社会良知，深入他们博大的人文关怀，触摸他们孜孜不懈的艺术追求。书籍的出版是为了文化和文明的传播与传承，我们希望这一套丛书能实现一些文化担当。我们有太长的时间忽略了对他们的关注，现在是校正这种偏差的时候了。这也正是丛书出版的意义和价值之所在吧。

目录

回家

从美国探望胞兄回国，我的心情很沉重，只因他老人家虽有子孙，却孤独自处，晚境凄凉。

长媳素娥和次子忠明到机场接我。在车上，素娥柔声征求我的意见：

"爸，家里正在装修，乱七八糟的，你暂时住在二叔家好吗？"

"总得先回家一趟吧？"我见车子已朝忠明家的方向行驶，对如此安排有些微的抗议。

"二弟媳和三叔都在家里等我们回去吃饭，反正爸随身带有行李，也不欠什么吧？要欠什么，我明早给您送去好了！"

"屋子不是很好吗，为何还要装修？"也许是对胞兄的遭遇感触太深，我忽有一种像被当球踢来踢去的感觉，竟敏感地怀疑"装修"的真实性！

"一位风水名家对忠平说家里风水不太好，反正屋子也好久没维修了。"素娥忙加以解释。

吃饭时，一家大小围坐着。女儿、女婿和忠国的未婚妻都来了；还有孙子和外孙们，好不热闹！小别后，觉得每张脸孔都分外的亲切！我很快慰地说：

"哈！今天人真齐，就只欠忠平一人。这孩子，从小到大，为公为私，总是那么勤奋忘食！"

"大哥到槟城谈生意，也顺道为独立中学建校基金筹款，要待好几天才能回家。来，我们吃饭吧！爸，这块鸡腿给您。"忠明站起来给我夹菜。

"爸，大伯一家人在美国可好？难得去美国一趟，你为何不住久一点？"忠国一边给我搛菜一边问。

"在外国吃住都不习惯，不如早点回家享天伦之乐！"我没有把真相告诉他们。

"爸……"忠明似有些感动，想说什么却什么都没说，向我举起酒杯，"爸，我们来干杯！"

"好！干杯！"今晚我好兴奋，吃着、喝着，脸儿热腾腾的，人也有点儿飘飘然……

"爸，别喝了，您会醉的！"素娥关怀地劝说。

"醉了不就睡觉啰！又无忧又无愁的。来，陪爸再喝一杯！回到家，见到你们，太兴奋了！"我忘形地又灌了一杯，兴奋得手舞足蹈起来，哼着走调的歌儿："我的家庭真可爱，美丽清洁又安详，姐妹兄弟很和气，父亲母亲……"

我打了个酒嗝，喝不下去了！真的唱不下去了！我情不自禁地对先我而去的老伴强烈地思念起来。呷了口酒，喃喃自语："也……也许那……那名风水家说得真有点道理。要不……要不……唉！最令我痛心的是你们的母亲，给我教养出你们这四个能干孝顺的儿女，让我享晚年福。她……她自己却没有这种福气，唉……"

"爸！人生在世，活多久、吃多少，都是注定的！"忠国劝了我一句，其余的人都静下来，默默地吃着饭……

"刚才喝酒喝得多过瘾，唱什么歌呢？真是乐极生悲、自讨没趣！"我内心一直在强烈自责。为了不扫兴，我掩饰心里的不快，装作喝醉："不喝了！我……我要睡觉了……"

躺在床上，心里七上八下地总睡不着，一直在想："到底家里的风水哪儿出了毛病？素娥也没说清楚风水家说了些什么，真吊胃口！"

第二天起床，我要忠明上班时顺道载我回老家看看房子装修成什么样子了。

"过几天吧！"忠明头也不抬，只一味在翻着报纸说，"爸，您看这则新闻。"

"什么新闻？"

"大火烧死一家六口。"忠明长长地叹了一口气说，"唉，真惨！原本是可以避免的意外，却因做铁花时的一时疏忽，没留个活动窗口而造成悲剧！"

"唉，天灾人祸何其多？人活着分分钟钟……"忠国也凑过来加把嘴。

"忠国，不谈这些了，你可有空载我回老家看看？"我忽然归心似箭。

"爸，过几天好吗？"

"这个说过几天，那个也说过几天！"儿子上班后，我开始感到不耐烦，想想又觉得有些不太对劲！平时他们兄弟几人，无论多忙都从不拂我意的！这发现使我倍觉不安，越想越觉事有蹊跷："装修？是装修还是被火烧掉？"

我非常心急，孙儿都已上学，二媳妇也到菜市去了，我向用人留下话，便径自步行至附近的商店，截了辆计程车赶回老家。

远远地望见屋子还是好好的，一颗忐忑跳动的心才安定下来。

女佣开了门，见是我，整个人呆住了。

"……"

"……"

"为什么不是我？为什么不是我？"我伏在忠平的灵位前哀号，心如刀割！

"爸——"素娥不知何时走到我身边，泪如泉涌，"爸，对……对不起……"

"为什么？告诉我发生什么事了？"

"爸，是……是交通意外！"

我痛心！非常的痛心！我几乎晕倒。素娥扶着我，她自己也摇摇欲坠。

"爸，我们不是有意瞒您的。我们……我们是想等你有……有了足够的心理准备才……才……"

"不必解释了！"我深深地吸入一口气，咬住下唇，忍住泪水反过来安慰她，"你们千方百计瞒住我、开导我，为……为的是不让我伤心，我……我难道还不明白你们的心意吗？"

"爸，我——"

"忠平他……他虽然只活……活了四十七年，但是他……他的辛勤及对社群的贡献，远远超过活到七十四岁的人。"我倒过来开导素娥同时也自我安慰，"人生苦短，精神却可以永不朽。认命吧！爱若不能天长地久，就要懂得珍惜曾经拥有！"

素娥望着我，含泪点点头。

领养

　　佩玉驾着车，在驾驶室左侧的座位上放着一个纸箱，里面装着的不是宠物，而是一个睡相甜甜的小女婴。

　　她自己也不知道为何会冲动地要领养这小女婴。这小女婴长得也不怎样标致，只是好友托她给这女婴找个好人家，她问了好几家人都没回应，大概是她本人也没见过女婴，难有说服力，便决定自己先走一趟看看女婴，了解一下背景。

　　她只不过看了那女婴一眼，看了那大毛巾包着的赤裸裸的弱小女婴一眼，竟日夜不忘、不安……

　　想着、想着，竟莫名其妙地在超级市场买了一大堆婴儿衣服及用品亲自送上门！刚巧碰上一个老粗出价低廉且粗声粗气地准备乘人之危抱走孩子。

　　佩玉看不过眼，更担忧孩子未来命运是否会变成摇钱树……于是，一声不响地拿出钱及支票，凑足五千元，交到那单亲妈妈手中，就把女婴抱上了车。

这一刻，她才开始担心起来，心里盘算着：

"我将如何向家人交代？家里突然多了一位新成员可不是小事！一直以来，家里要增加什么家具、要换车买车，都是尊重各人的意见、共同商议后才做出决定的！"

她自己也突然觉得自己着实太不可思议！自己的两个儿子都快大学毕业了，小女儿也快中学毕业，不久便到美国与哥哥一道升学了……

果然，丈夫志明在大吃一惊后有话说了：

"佩玉，我对你说过多少次了？我说，能助人是好事，可千万别把问题和烦恼带回家！"

"志明，你确实有言在先，可也有例外呀！"

"你给她们钱就好，何必把孩子抱回家？"

"钱不是一定可以解决一切事务的，那刚死了丈夫的单亲妈妈是小龙女，居留证也快到期，丈夫死了谁替她办签证？她非回中国不可！又没公公婆婆，孩子在此出生，如何带走？"

"但是……但是那孩子还未出生，父亲便去世了，恐怕脚头不好！何况，我们的孩子都已长大，拖着一个小的多不方便？"

"迷信！现在是什么年代了？"

不管怎样，佩玉还是有些理亏！唯有把孩子寄养在保姆家。只是，终日有点牵肠挂肚的……

孩子病了，佩玉请假待在保姆家，回到家里食不甘味、一脸愁容，不到十分钟拨一次电话探问病情……

"不放心就把孩子接回家吧！反正家里也有用人。"志明终于开口了。

"你不生气了？"

"气什么气？从来你的事就是我的事。"

佩玉终于可以放下心头大石，名正言顺地把小孩带回家……较早时，她不知有多委屈，好像在外头养了个私生儿！

小孩真乖巧，佩玉始终觉得那是缘分，那是老天赐给她带给她无穷欢乐的宝贝，真聪明活泼，真会讨人欢心！是她多年从事社会工作的回报吧？无论在外工作多累多辛苦，回到家见到开心小宝贝，就会开怀大笑……

志明也一样，与她逗儿同乐！对小宝贝的疼爱比起她的母爱有过之而无不及……

最让佩玉惊讶的是，志明竟把婴儿床推到他们那大号床靠近他睡的那边去了……

丧礼

　　近年来，适逢经济不景气，加上股汇风暴，各行各业的生意一落千丈，令定邦的生活担子百上加斤。由于儿女都在美国留学，而外汇汇率差额较前超出近乎一倍，定邦真有点入不敷出。

　　偏偏在这个时候，他那八十高龄的母亲突然病重，被送进附近一家私人医院。住院费及医药费非常高昂，转院又怕惊动老人家导致病情加重……

　　"金先生，连今天在内，令慈在医院已住了将近三个星期，你必须加付两千元抵押金。"

　　"老板，银行刚拨电话来，说再不进现款，公司昨天发出的支票将不能过账！"

　　"老板，我太太快生孩子了。医生证实是双胞胎，我可否多借点钱，稍后再按月扣还？"

　　"老板，贵祥号表示，我们得先还清到期的旧账，才可以再拿货。"

一宗接一宗难题接踵而来，定邦脑汁几乎绞尽，也无法一一解决。

"金先生，你们快来呀！医生说令慈恐怕快不行了！"

他吓得双脚发软。一面通知弟妹们，一面率妻儿赶到医院去见母亲最后一面。

只一会儿，母亲便断气了！可是……可是却留下了更多问题给他！

"土葬好还是火葬好？"

"妈生前说过她不要火葬的！"

"如此说来，我们是没得选择了？"

"但是，土葬比火葬费用大。现在行情不好，最好能省则省。"

"不行，你们绝对不能违背她老人家的意愿！否则她死不瞑目。"一位长者说。

兄弟一人一句讨论多时，还是没有结论。

"大哥，我看还是您决定吧！反正大部分费用由您挑，我们的环境都不好，只有您一人经商，人面较广……"

定邦想来想去，还是不想拂母亲生前的意愿，只好决定土葬。可是，价钱最适中的广东义山，最近又面对迫迁，暂时停止卖地。除了葬在花园墓地，他别无选择。幸好，最近因为经济不景气，他们刚推出一项新的销售计划，可以分期付款，问题总算解决了。

然而，另一个头疼的问题又出现了！由于一连数天都不是入土的好日子，至少要停留三天才能出殡，总不能每天夜里静悄悄地不做法事，同时还得为守夜的亲友准备夜宵，无形中又多了一份开销！定邦担忧得失魂落魄，偏偏又没人给他出主意、想办法……

他正呆呆地、愁眉苦脸地抱着头暗自伤脑筋……侄女冰如走上前来，在叔叔伯伯面前说：

"前阵子，我陪奶奶看一套武侠电视连续剧，剧中侠士出身艰苦，自幼卖身葬父，受尽主人的欺凌。当时奶奶感慨万千地说过这么一句话：要是我儿女因为葬我而受辱受苦，我情愿暴尸街头！"

"她老人家向来慈悲为怀！"

"她真的那么说？"

"伯父、叔父，要死人安心，或是做给活人看？你们自己决定吧！"

在这时刻，侄女说了这么一句关键性的话，的确起了很大的作用……

定邦左思量右思量，最后告诉自己，与其难以两全其美，倒不如方便自己……

包装

近来，官友仁与家人居住的地区，频频发生抢劫案件。为了安全起见，他与妻商量过，打算把旧居变卖，迁入公管式公寓新居。孩子们当然雀跃万分，因为公管式公寓多了泳池、游乐场和运动室等活动空间。

公寓竣工，妻子严一笑对友仁说：

"我问过装修师傅了，我们只要不依照示范屋的装潢，若只装修厨房，是不必花太多钱的。"

"说得也是，公管式住宅一进屋就看到厨房了，厨房确实很重要。"

"况且，几乎家家都装修了，我们如果不装修，像是太简陋了点。"

再视察屋子的时候，友仁总觉得厨房这么精美，厅堂又好像有点不相称了！

"老公，你来看看，房里摆柜会不会太占地方了？还是像展示单位一样，花点钱做个壁橱如何？"

如此一来，动一发而牵全身，花费超出了预算，夫妻俩只好相互安慰：

"谁说门面不重要？人靠衣装，屋子也需要包装包装吧？"

"奈何，唯有在其他花费上省省好了！"

入住新居之后，居住环境确实改善很多！最低限度，妻子加班夜归、孩子补习夜归都不必担忧，每月的管理费除用在清理泳池、环保，更包括严密的保安措施，外人进出公寓都得登记，以确保住户安全。

夫妻俩见有泳池，决定让孩子都学习游泳。毕竟，熟悉水性的孩子，多了一层安全保障。

由于孩子们都学习游泳，家长们也较常见面，经常谈论孩子们的事，住在他们同一层楼的梁太太说：

"官先生，官太太，你们看看伍姓那家人的女儿多文静，女孩子学弹琴，就是特别有艺术气质、有修养似的！"

"我们的两个女儿比较喜欢运动。"

"运动不必学也会，我想让我女儿学弹琴，如果你们的女儿一起学，学费比较便宜。"

夫妻俩想想也是，大多数家长都喜欢让女儿学弹琴，他们的女儿应该也不例外，孩子们无一技之长，父母多没面子！

在父母的游说下，女孩们也真的乖乖地学弹琴了。

接着，公寓管理处又说要开芭蕾舞班，挨家挨户去招生，做妈妈的又有些心动了。

"够了，够了，包装住宅够了！我们的孩子不需要太多的包装吧？"

太太不累，友仁也累了、烦了……孩子更累吧？

账单

　　林老爹偕妻高高兴兴地到香港探外孙去了。

　　虽然说是外孙，但美琪是他们家的长女，他们的儿子尚未迎亲，美琪第一胎就生了个男孩，也算是他们的长孙吧！

　　外孙已经满两周岁了，他们才第一次来探望他。女儿坐月子的时候，那当外婆的才刚刚动完手术，未能来帮忙，派了当"陪月妇"的表姨妈来帮忙。

　　一天，林老爹被一位随儿子搬到香港居住多时的老友请去喝茶叙旧，回到女儿家，老伴让他拿港币还给女婿剑超，说刚才叫女婿顺道替她买了些名贵药材和补品，要带回马来西亚。

　　"女婿向你要钱了吗？"

　　"他把账单一起交给了我。"

　　"拿来我看看。"

账单上写着：老山泡参三百五、冬虫草八百。

林老爹于是给了老伴一些港币。

老伴走出房门转了一个圈回到房里。

"钱给女婿了？"

"是。"

"他收了？"

"收了。"

"没说买给你补身？"

"没有。"

林老爹不出一声，叫老伴拿了纸和笔来，也给女婿写了一份账单，然后交给老伴嘱她拿给女婿。

老伴接过手一看，心一酸，眼一红，哭了！

账单上列着：

怀美琪时的医药检查、进补、住院生产、开刀、养气特别护理、请"陪月妇"、进补、奶粉、打预防针、医药费、托儿所……约40千。

美琪童年生活、住宿、食物、维生素、医药费及意外保险、幼儿教育……约40千。

美琪青少年生活、住宿、食物、维生素、医药费、零用、学游泳、学琴、学绘画、交通、书籍、学费……约80千。

美琪大学生活、住宿、交通、书籍、学费、医药费与意外保险……约40千。

（另加利息）

（可以分期付款，可以将用在我们身上的钱扣除）做妈妈的怎忍心把账单条子交给女婿，她是心疼女儿夹在老爸与丈夫之间左右为难。

也幸好她没把账单传过去。两天后，宝宝的麻疹稍好、退烧之后，女儿叫她看住宝宝，出去了两个小时，给爸爸妈妈带了些香港驰名美食，还塞给妈妈两千元，说：

"我刚到银行提了点钱，您跟爸爸暂且随便逛逛街，想吃什么就买来吃，宝宝病好后或是剑超星期天没工作才陪你们去玩，因为宝宝的病，他已请了几天假，不能再请假了。"

林老爹悄悄问老伴：

"账单传到美琪手里了？"

老伴把账单在他面前撕碎：

"算什么账？有缘才能成为父女……"

"我是跟女婿算，不是跟女儿算！"

几十年夫妻了，老伴早已看穿林老爹口是心非。

女婿看来有点笨拙憨直，但他俩也看得出剑超很疼女儿和外孙。其实，只要女儿幸福就好！

美食

詹妈妈煮得一手好菜，平时詹爸爸和孩子们很少不在家里享用詹妈妈的"住家菜"。只是，家里人人都订下星期天是休假天，妈妈也应该休假，一家大小出外用餐，天公地道，也正好换换口味！

还有，每年的母亲节，更没有理由让妈妈下厨，今年当然也不例外。长子庆豪夫妻俩及孩子、次子庆凯夫妻俩、女儿女婿，还有小儿子庆庆，一行十人兴致勃勃地商量要到哪里订菜：

"到凤凰台吃套餐吧！八道菜加小食不过二百八，又不必想点什么菜好！"

"套餐有什么好，好像喝喜酒。"

"说得也是，想些特别的吧！"

"到新贵宾吃吧，那里的菜又便宜又好吃！"

"普普通通！"

"美美如何？"

"不如到胜记吃吧！胜记的菜炒得好，烧鹅更出名！"

"胜记太嘈杂了，找高尚一点的地方吧，难得母亲节！"

于是，大家选定了天天香美厨，打算好好大吃一顿。因为天天香美厨环境很不错，菜也比较别致，尤其是那烧得刚刚熟的烧鹅，更可比美胜记的！

到了天天香美厨，点了菜坐定后，大家开始闲话家常。客人很多，大概都是来庆祝母亲节的吧！

詹妈妈趁机去了一趟卫生间，忆起一位老朋友福升好像说过在这家餐厅做主厨，不由得走向厨房，顺手推开房门探个究竟。一问之下，福升刚好请了病假。

正想离去，但见一位厨房杂工推开厨房后门走了进来，双手提满一袋袋胜记烧鹅专用胶袋，口里喊道：

"来了！来了！救命烧鹅及时送到！"

詹妈妈心里很不是滋味，胜记烧鹅五十元一只，只一转手，天天香美厨卖八十元一只……

回到餐桌等出菜，詹妈妈原想向家人拆穿天天香美厨的西洋镜，转念一想，何必一盆冷水泼下去？反正在高级的美好环境用餐，出钱的人钱出得开心，认为价有所值，吃的人都吃得开心就好！

爱的宣言

蒋豪很有规划地遵循自己的意愿完成学业、组织家庭；很有规划地创业及对社会做出贡献……所以，他既有成就又对得起自己、对得起家人！尽管他已患上绝症，也泰然地为一切身后事作出了最好的安排……

他虽然是一家之主，对家里大大小小的事，都喜欢一家人坐下来讨论，商量一番才作出决定及很有规划地进行，为的是希望能"皆大欢喜"。

他要求家庭成员及公司的员工，人人都得像地球般，在绕着太阳公转的同时也不停地自转！家庭成员除尊重其他各人的意见和感受外，都有一定的自由和发展空间。在公司方面，他强调人人在自我成长与"做好本分"的同时，必须要与其他成员互激成长和顾及公司的成长。

他不强求子女一定要承继父业。人人都可以随着自己的兴趣和意愿去"造就自己"。他患上绝症后，召开了一个家庭会议，并立下遗嘱，把自己的事业归为孩子们"公家的事业"，同时清楚地交代：谁要是肯管理公司的行政等，可获额外分红；若发展个人事业或拥有自己的事业，都必须担任公司董事部成员，定时了解业务进展并给予意见……至于公司的盈余，则拨为公家财产，让代代子孙分享，每年另拨出一定数额的盈利作为家人共聚联欢及慈善用途……如此规定之后，他才稍为安心，自觉"大功告成"、"一生无悔"。

他得知体内癌细胞已经顽强地蔓延到了失控的末期，决定召开他人生最后一次会议。受邀出席会议的成员，除了家人，还包括两名律师、两名他的主治医生……原来，他是想探讨安排"安乐死"的可能性！他坦言那撕心的阵阵痛楚令他痛不欲生——他也想留给亲友一个还很"雄赳赳"的印象。

众人泪眼相望、痛心疾首、无言以对……

"你可以规划你的生涯，但你的生命绝对不只是属于你自己的，也是属于我们每一个人的！"蒋豪妻屏芳率先发言，"结婚后，什么事都交由你做主，我们也全听你的。可是，这件关乎你生命的大事，得由我来做主！就算要家人投票，我也一定赢你！"

"您……您怎么可以说要走就走？虽然受到痛楚的熬煎，可是你的精神却是富足的！"小女儿急得大声哭。

"你有亲人的爱戴和关爱，享有天伦之乐；您的事业有成，受到人们的尊敬，心里不是充满着成功的满足吗？难道……难道这一切一切还抵消不了病痛的折腾吗？"大女儿也几乎泣不成声。

"您……您就忍心丢下我们去寻死？爸！您今日的成就和福气是多少时日修来的？人生未必都是顺境，对疾病或祸害等避不开就得'欢喜受'！"儿子也苦苦相劝。

"有朝一日老爸大小便失禁，惹人生厌，也不容'安乐死'？"蒋豪反问儿子。

"奉养及照顾父母是晚辈的职责，父母生病或伤残，做晚辈的也得'欢喜受'，责无旁贷地照顾父母一辈子！"儿子拍着胸膛说。

"豪，你没有权利选择死！结婚的时候，你说过你会一生一世爱我、照顾我，我也说过同样的话。那是我们爱的宣言，无论生老病死、无论富贵或贫穷，我们都得在一起分享和分担的！你忘了吗？你就这么无情，不管我的感受？我会如此无义，弃你不理吗？"

好一句"爱的宣言"、一句"一生一世"、一句"欢喜受"，点醒了规划结束自己生命的蒋豪！

毕竟，对家的温馨、对家人，他还是依依不舍的……

"豪，你忘了吗？再过两个月，就是我们结婚三十九周年纪念日。从前多艰难的日子都挨过去了！你说过的，苦尽会甘来，现今真是我们安享天伦之乐的时刻，生命一天未到尽头，绝不能放弃！你的斗志哪里去了？"屏芳尽力激发蒋豪生存的意志力。

蒋豪猛点头，激动的泪水在眼眶内一触即发地流下……过去一个个生活片断，像放映纪录片般不断涌现，他的喉头像被封住般，一句话也挤不出……

他双手按住桌面勉强撑住颤抖的身体，站了起来向众人挥手示意散会……然后，与爱妻及儿女们拥在一起！

感谢有你

"老婆，辛苦你了！"临睡前，博宇深情地凝视着妻子书美说。

"有你这句话就够了！"虽然书美忙了一整天，人很疲倦，但她一脸的满足感。

"我刚才在想，若不是有你，我们这个大家庭早散了！"

"你言重了，我有那么重要吗？"

"老婆，你真好！"

"老公，你从来就没有对我说过这些话，你今天好像有点怪怪的。"

"我说的是真心话，你有一颗美丽的心灵。真的！这些年，谢谢你！"

"都老夫老妻了，怎么谢起我来了？"

丈夫对她的爱，她体会得到！一直以来也只能体会，因为她了解丈夫是个从来就不把对她的爱挂在嘴边的人。

丈夫幼年丧父，他是家里的长子，有众多的弟弟妹妹，她嫁他的时候早就知道了。他俩结婚后，他把弟弟们一个个从乡下接到城里读书，她也心甘情愿地照顾他们。

他俩第一个爱情结晶出世后，他们开始自己创业了。当时，小姑都已出嫁，二叔远在沙巴工作，反正其他三个小叔都已跟随他们在城里念书，家姑便搬出来与他们同住，白天也可以替他们看孩子。

由于打自家工，她每天总是提早下班回家帮忙煮饭烧菜，一家人住在一起，天天一起吃饭，其乐也融融。

弟弟们相继结婚，做哥哥的，说什么也算有点经济基础，人说长兄为父，为免兄弟妯娌住在一起发生摩擦，博宇分别送每人一间附近组屋的首期付款作为结婚厚礼，好让他们居者有其屋。

为了让母亲高兴，刚搬出去的弟弟弟媳都在下班后回家吃饭，数年如一日，等弟弟们有了孩子之后，才较少回老家。

博宇和书美夫妻俩体贴老人家想念儿子孙子，于是每逢星期天或是过年过节，把他们全都叫回老家吃饭，子孙满堂，母亲当然乐开怀……

这些年来，眼见身边一些朋友，有闹家变的、有被婆媳关系搞到变夹心人的、有因姑嫂妯娌未能和睦相处而兄弟反目的……

刚才，家人吃过饭后，大家都到屋外坐着赏月及品尝着月饼、花生、柚子、菱角；孩子们则提着灯笼、点着蜡烛……书美还笑吟吟地说："要是在餐馆用餐，就没有这温馨气氛，妈和小孩们就没有这么兴奋了！"

　　博宇一时感触很深，由心深处地发出一句话："那是因为有你！"

　　他心存感激，因为他终于体悟到，一切幸福不是必然的，他心里确实觉得老婆善解人意、越老越可爱……

八点一刻

　　七点半，宋展志已在餐厅等了三十分钟，也不见大通企业的东主李杰仁赴约，摇通了手机又没人接听……

　　他心里很焦急，等也不是，不等也不是……他忽然觉得有一种像委屈又像失落的激动、一种想哭出来的感觉……

　　尤其是，他为了约会这李老板，竟然与太太丽明闹得很不愉快！太太听说他约了人，极生气地直跺脚，哭闹着：

　　"你到底心里还有没有我这个妻子和孩子们？今天难得是公共假期，不是老早就跟你约好了想带孩子们出去吃晚餐吗？我们多久没有带孩子们出去了？我们的事，你总是不上心！"

　　"改天吧！我已约人了！"

　　"公共假期还能约谁？不要告诉我又是约了那些酒吧女郎？"

　　"与吧女在一起又怎样？"

"你没良心……你……呜呜呜……"

"哭什么哭？真烦！你要搞清楚：她们是我的客户；我又不是他们的客户！"

对着情绪激动、无理取闹的太太，他一脸憎恶地扬长而去……

前阵子，有一位朋友介绍了一位酒吧女郎跟他买保单，没料到那位吧女又介绍了好几位吧女跟他买保单，一位接一位的，他就周旋在吧女之间，天天向她们介绍保单，倒也卖了不少保单……

好像是一位常到酒吧喝酒的邻居看见他常常与不同的吧女在一起，告诉了父母，又由邻居的父母传开去……害得丽明天天唠唠叨叨天天闹，说她坐月子他去风流，简直没良心！

从此，丽明总是没完没了、疑神疑鬼的，动不动就说他去找吧女……

七点三刻，铃铃铃……铃铃铃……

他终于等到李老板拨电来连声道歉：

"对不起！对不起！适逢公共假期，给孩子们缠着要带他们出去玩，就什么也忘记了！"

他非常失望地招侍者结账，举目一看，四周的餐桌都坐满了人，公共假期生意果真特别好，正是一家大小聚餐的好时光……

他顿时想起自己家中的太太和孩子们，归心似箭！

八点一刻，回到家刚推开门，太太就似箭地奔前扑向他，整个泪人儿哭倒在他怀里……

"什么事？什么事？"他拥抱着情绪很不稳定的丽明问。

"我……我……遗……遗书……"

"什么事？发生什么事了？"

"我……我刚……刚写了遗书……我……"

丽明一把眼泪一把鼻涕地向他倾诉……

原来，她想写下遗书带着孩子们共赴黄泉……让他遗憾终生！

可是，写着写着，就好像有很多话想对他说，却无从写下去……

原来，她对他还是依依不舍，写着写着，对他的情感全回来了……

就在这一刻，他出现在她眼前，他回家了！

她不是冲动而是激动……如果是冲动，她就不会写遗书！她不写遗书，情感就不会回来……

他不及时出现，谁料到患上产后忧郁症的她会怎样？？？

还是……还是遗书救了她？？？

他捏了一把冷汗！拥住她疲弱身躯的双手抖个不停……

夜有所梦

　　陶灵灵很顺利地恋爱，而且初恋对象就是终身伴侣。虽然看似没有什么浪漫、冲击，但是她实在幸福！夫妻俩是真正的、真正的幸福：他们事业有成，虽说是共同奋斗的成果，但真正有意义与值得珍惜的是，他们都能踏踏实实地共同渡过一关又一关永远难忘的患难；同时，共同实现一个又一个的理想！再者，他们一索得男，接着好事成双，两年后又添了个男孩，一家四口，不知羡煞了多少亲友……

　　灵灵又怀孕了，这一胎，夫妻俩当然希望能生个女儿。可一夜在睡梦中，灵灵梦见一位似神似仙的白发老人问她："给你选择，你要生男孩还是女孩？"灵灵不假思索就说："随缘吧！"接着，老人又问："我知道你想生女儿，因为你已经有了儿子。那么吧，如果说给你女儿，你就不会中彩票；若再生男孩又中奖，双喜临门怎样？"灵灵还是想也没想，毫不犹豫地回答："随缘吧！"

梦醒后，她也没把梦当一回事。一天，与家人闲话家常，忽然提起如此怪梦，家人问：

"为什么不选？"

"灵灵最知足了！"丈夫代她作答了，还是丈夫子明最了解她。

"中彩票？老人有没有说会中首奖？"最爱钱的姑妈忙着追问。

"管他中不中奖，不是我钱不进我袋！"灵灵说。

"别痴人说梦了！福利彩票这么容易中吗？又不见梦见'真字'的人都中奖？"伯父也加把嘴。

"也有美梦成真的！"姑妈还是坚持她的看法。

"有财就有财，没梦见也能中奖！"

"是呀！财神爷若找上门，买什么中什么！"

家人你一句我一句地谈得不亦乐乎……

子明和灵灵都属安安分分、知福惜福的一类，循着正道做人做事做君子，从不因贪念迷失自己，认为能丰衣足食就好，正如：再多的钱也不一定买到"福气"和"快乐"一样……他们常常说：恐怕上苍满足人们的一些愿望后，偶尔又会无情地拿走人们已经拥有的，所以知足、惜福还是最好的。

直到灵灵进院生产，答案才揭晓，因为较早时，医生说扫描也没有一百巴仙，婴儿的下体总是被手足遮住……

当护士从产房把婴孩推出来那一刻，家人都很紧张，因为都下了注赌生男或生女！

"哟！是男生。快！想想买什么字？灵灵梦中的高人不是说生男的会中奖吗？"

于是，一窝蜂似的都投注去了……

有人买绑在婴儿脚上的编号、有人买婴儿出生的日期和时辰、有人买产妇的房号及床号……有人全都买了：管他是对三个字的"跑马"彩票、对四个字的"万能"彩票、还是对多组字的"多多博彩"！

好不容易等到开彩日，报章印出来的中奖号码对了又对，就是没有人中奖！众人开始埋怨起来了：

"灵灵，你的梦都不灵的！"

"灵灵没买怎会中？"

也有还不死心的，又去买下一期的千字、万字和多多博彩……

轮到福利彩票开彩的结果刊登出来，大家拿出彩票对了又对，其实福利彩票是早在婴儿出生前买的，大家都怀着满腔希望，就望若是生个男婴会带来喜讯！对过了开彩结果，众人哇哇叫个不停，因为人人的彩票都只差最后一个字就中了七奖……

"有人买中了吗？有人买中了吗？有谁买了彩票还未对的？"

"还有我。"灵灵说。

“你不是从来不买彩票吗？”

“因怀了孕特别容易饿，那天，我像往常一样拿了钱想向那卖糕也卖彩票的印度人买糕吃，刚巧遇到他太太没做糕的休息日，他只卖彩票，收了我的钱就递了张彩票给我……你们没问起，我也忘记了。”

“快说，快说！彩票放在哪里？”

“买了就有希望！”

“别高兴得太早，希望和失望只差一个字而已。”

众人一人一语、满脸期待，子明依着灵灵的指示，把彩票找了出来。

“中了！中了！就是这一张！幸好没落入别人手里。”

这么一来，人人又有话说了：

“真有福气，就只买那么一张就中奖！”

“这孩子的脚头真好！”

“灵灵的梦真灵！”

“灵灵，这真是意外的收获！”子明拥着妻子说。

“这可是天意，我没有强求……”

满屋子都洋溢着欢呼声、欢笑声……

开心就好

　　女儿佩佩还未出嫁的时候，淑明总担心她嫁不出去！心想，女儿若独身不嫁，将来没伴没儿没女，晚境恐怕会孤单。但是，倘若嫁得不好，经常哭哭啼啼回娘家诉苦，倒不如不嫁！

　　没想到女儿还真有福气，找到一位好夫君，对女儿无微不至，也爱屋及乌的，特别敬爱和孝顺她，淑明老怀大慰！

　　女儿结婚不久就怀孕了，虽说经常叫女儿女婿回娘家吃饭，偶尔她也上女儿家，帮女儿收拾收拾……她太清楚自己的女儿了！因为以往在家里排行最小，甚少帮忙做家务。

　　然而，在女儿家，她那女婿永程，什么也不让佩佩做，家里收拾得整整齐齐、打扫得清清洁洁的！还会炒几味小菜哩！

　　对如此女婿，淑明实在太满意了！倒经常提醒女儿、一而再地叮咛：

"佩佩，你可千万别恃宠生娇，女人要有女人样，虽说你婆家的人都住在小镇，很少出来，可是小地方的人，多少带封建思想！"

"永程不让我做呀！"佩佩可得意呢，"永程说，我们是双薪家庭，我又怀了孕，工作了一整天，已经够累了，回到家就要我把双脚垫高！"

"毕竟时代不同了，现在女人比较好命吧？"

"从前，女人不必出外工作呀！"

"谁说的？我妈以前还得下田，在家还背着孩子干活！"

"永程说，老婆是娶回来宠的！妈，您别担心，永程的父母说，婚后永程踏实多了，有我看着更放心。妈，我做人会有分寸的，绝不会让永程当老婆奴。"

见女儿一脸幸福，淑明是真正的放心了！开心就好，不是吗？

淑明与长儿长媳同住，通常，家里周末和星期天是不煮饭的，长儿少聪和长媳美美平日工作忙，假日就想带孩子出外走走，顺便到超级市场买日用品和食品，甚少愿意把时间花在烹饪上，一家人在外面品尝不同的美食，调剂调剂生活也很开心。

刚结婚的时候，小两口在甜甜蜜蜜的新婚期，两个大孩子一有空闲就找节目去，家务事永远是妈妈的事！孙子出世后，请了个女佣帮忙，小两口也没忙什么家务！要想出去还是照样可以去，反正家里有妈妈看着。

家有一老，如有一宝，淑明也从来就把媳妇美美当女儿，如此人家的媳妇，当然很幸福！美美也顶会讨她老人家欢心，经常妈妈前妈妈后的叫得怪亲热的，还经常给她老人家买些小小的精品和美点，一家人其乐融融。

老二少坤因为工作地点离家相当远，妻子小敏是药剂师，也在那附近的医院上班，就在那一带买了屋子，没与家人同住。

记得当年，女儿佩佩还未嫁人，休假载了她去看二哥二嫂顺便小住几天，她们傍晚时分到达，看见老二又哄孩子又做家务的忙得团团转，心里老大不高兴！

第二天，老二大清早便上班去了，媳妇小敏邀她们出去吃早点，顺道把小宝载去交给保姆看顾。吃着点心的当儿，媳妇就在附近的菜市买了些菜，还问她俩是要打包 Nasilemak(马来椰浆饭) 当午餐还是佩佩驾车外出吃。回到家里，媳妇把一早放在洗衣机洗的衣服挂在雨淋不到的地方，然后把要蒸的排骨用蒜头爆香的豆酱淹住，用保鲜纸包着放进冰箱里，约十一时才匆匆赶去上班。

临走前，她对她们说："妈，中午您和佩佩出去吃过午餐后，可四处走走看看，少坤下班后会买烧鸭回来，晚餐随便吃，我晚上八点才下班，不必等我吃饭，明天后天是周末周日，我们再陪你们上餐馆吃！"

傍晚少坤果然买了烧鸭、接了小宝回家，小宝因为少见淑明和佩佩，一见她们便哭，淑明见儿子忙着逗小宝，便洗米烧饭去，排骨从冰箱里直接拿出来蒸，炒个蔬菜便可以吃饭了，心里不得不佩服媳妇想得周到！

　　开心就好，不是吗？

世事难料

  星期天，丈夫友明打高尔夫球去了，留下美莹和女儿弯弯在家，天气很热，两人也不打算出门，就躲在楼上冷气房里看连环剧。

  大约下午三时许，母女俩刚看完一套戏，拉开窗帘好让阳光可以照亮房间，居高临下望见隔几家姓毛的人家，门前停了辆货车，车上放着很多椅子和铁架。

  "姓毛那家人今晚开派对？"女儿问。

  "通常用红色椅子是喜事，那一定是嫁女儿，毛家只有一个女儿还未出嫁；若是用蓝色椅子，可能就是那八十多高龄的毛老婆婆归西去了，车上载的全是白椅子，一半一半两种可能性，那就要看帐篷是红是白了。"

  "妈，不必猜了，一定是老人家去世了！若是嫁女儿，没理由还未派喜帖！"

  说得果然对，帐篷架起来了，全是白的。

母女俩决定等友明回家吃过晚餐再过去吊丧，赶紧到厨房下厨去。母女俩一面下厨一面聊天，话题总离不开姓毛的近邻……

毛老太已经活到八十多岁，自从跌了一跤行动不便也有四五年了，近年来还有痴呆症，时不时发脾气破口大骂，也难为她媳妇惠珍一直小心侍候，还经常推着坐在轮椅上的老人家散步去。

人若活上七八十岁，也没什么遗憾了。若健康多活几年无所谓，毛老太体弱多病要人侍候，辛苦家人，自己也辛苦……如今她走了，她媳妇总算是解脱了……

话说惠珍也真辛苦，本来孩子都已长大并成家立业了，她应该可以开始享享清福，然而，她又不能弃家里的老人家不顾。既然她要照顾家里的老人，反正哪里也去不了，儿媳们虽各自请了女佣，还是不放心把小孩交给女佣看管，理所当然想在白天上班时，把女佣和孩子都载回父母老家才放心，下班后在老家吃过晚饭才回。

看来，惠珍是有福气的人，两个儿子都娶了媳妇，且给她和老伴生了六个孙子。再说，虽然不同住，但就住在附近，还天天回家吃她煮的菜饭，何等幸福？

这么多人吃饭，单买菜就够伤脑筋，累是累了点，但有女佣帮忙洗洗刷刷，倒也忙得开心。孙儿吵是吵了点，可如此才像个家，常常令她想起孩子们的童年时光，这些都是在闲聊时她对美莹说的。

从母亲美莹口中，弯弯才开始更了解她们的近邻，平时她们母女俩也有很多话题，却很少无缘无故提到有关近邻的种种……

黄昏，友明一家三口用过晚餐之后，才慢条斯理走过去坐夜。

到了毛家，三人都被灵堂的布置吓得目瞪口呆……他们万万没料到灵前的遗照竟是惠珍的人头照！

丘家有喜

丘老太接过女儿玉萍从吉隆坡拨来的电话之后，兴高采烈地对老丘说：

"终于给我们盼到了！女儿说她除夕在男朋友家吃饭，初一才与男朋友一道向我们拜年。"

"看来是好事近了。"老丘也分享了太太的喜悦。

"女儿今年都三十六岁了，再不嫁就老了。"

"这倒是真的，不好再挑剔了，只要对象有一份不错的职业，看上了，彼此相爱，就早一点完婚，以免夜长梦多！"

"如果女儿不喜欢，也不会带回家啦！还在男友家吃团圆饭。"

老两口兴奋得一夜不能入眠，丘老太有点担心地说：

"你说女儿会不会带一个比她小的男朋友回来，吓我们一跳？"

"别想太多了，明天不就知道了？"

"总算是有对象了！"

他们有两个儿女，老二建国已经娶妻三年，尚未育有宝宝；长女玉萍依然未嫁，怎不令他俩焦急。

他们在金马仑开了所规模不小的旅店，价钱比酒店实惠，生意还不错。

家族生意当然留给儿子建国了。媳妇兰媚原是吉隆坡人，是个幼儿园老师，周末周日也兼职本地导游，常带队到金马仑旅游而认识了建国。婚后帮忙管理家族生意，但丘老太越来越不喜欢她，嫌她学历不高，父母是开饭档的，婚后三年也不见有所出……

建国原有一位女友，家里也是开旅舍的，门当户对，却因性格不合而分开。他爱上兰媚的纯真，但丘老太却先入为主地喜欢他前女友，对兰媚总是看不顺眼，又因为她嫁入丘家三年，还不见怀上孩子。对此，丘老太耿耿于怀。

其实，兰媚对客户细心、热诚、亲善温和，人又勤快，总是满脸笑容，倒是建国的好助手。但是，丘老太就是对她的表现不满意、甚至反感……但是兰媚性格开朗、心胸宽广，从不与人计较，对公婆都很尊敬孝顺……有此能兼顾家庭及事业的贤妻，建国乐在心里，两口子恩爱极了，满脸幸福！

年初一，老两口左盼右盼，一对情侣终于出现在眼前。

"哥，怎会是你！"兰媚抢先兴奋地惊叫起来！

每个人都很惊讶！陪同玉萍踏进家门的竟然是兰媚的哥哥！

"事先不告诉你们，就是要给你们一个惊喜！"玉萍一脸俏皮相！

"你们什么时候开始的？"丘老太偷偷地问女儿玉萍。

"我们在弟弟结婚的时候认识的。缘分吧！两年前因为职务的关系，接触多了，喜欢上了，便开始交往了。"

"他家里可是开饭档的。"

"妈，这都什么年代了？还在乎什么门当户对？家勤可是我总公司的高级行政人员，这样的女婿您还不满意？"

听女儿这么一说，丘老太老怀大慰！

"这回，你可要对我们的媳妇好一点，要不她回娘家哭诉，玉萍的婆家一反感，难为了我们的女儿。"丘老暗地里提醒太太。

最高兴的当然是兰媚了，有什么比两家人"亲上加亲"好。

吃饭的时候，建国拥着兰媚，一脸兴奋地说：

"爸、妈，今天是双喜临门！我们也向你们报喜：兰媚有喜了，我们有宝宝了，已经两个月了，我们选在今天年初一公开喜讯，就是要给你们一个惊喜、一份新年厚礼！"

丘老太这回可开心了！一直不停地给未来的女婿和兰媚夹菜……

三生有幸

晚上宴请詹氏夫妇之后，富裕向太太珍珍提起詹夫人，总赞不绝口……

香港友邦集团詹瑞庭偕夫人来到马来西亚出席一个国际博展会，友邦集团马来西亚产品总代理富都企业的余富裕理所当然要尽地主之谊，好好招待。

"我经常称赞詹夫人高贵又有气质，今晚你见到她本人，该相信了吧？她和詹先生婚前就是商业合作拍档，婚后夫唱妇随，生意走向国际，很能干吧？"

"的确不简单！"

"你知道吗？詹氏夫妻俩都在社团组织担任要职，是名声响叮当的名人，对社会贡献良多。"

"出钱又出力真难得！"

"人人都说詹瑞庭能娶到如此艳丽、能干的娇妻，实在三生有幸。"

珍珍确实认同丈夫的每一句赞美皆发自内心，然而听多了就形成一种压力，恨不得自己也能在事业上助丈夫一臂之力……

　　这天中午，在一家大饭店进餐后，詹夫人有感而发：

　　"今天是冬至，家家户户都回家吃团圆饭，你们就不必陪我们了，早点回家吧！"

　　"不急，我昨晚和今早已经准备好部分菜肴，回去炒几个小菜就行了！"珍珍说。

　　"是吗？已经煮好了？你们大日子煮些什么菜肴？"詹夫人好奇地问。

　　"海参猪脚、生鱼煲、麦香虾、白切鸡、酿豆腐、五香肉、八宝斋菜、老火汤等。"

　　"哇！这么多菜？都自己做吗？"詹先生也加把嘴。

　　"珍珍没什么能干，就只是会做几味小菜，过年过节，我的弟兄们都到我家吃饭，非常热闹。"富裕解释说。

　　"一家人在一起吃饭的感觉真好！我们还是第一次冬至不在家与家人吃团圆饭，平时我们家聚餐也是大嫂煮的。"詹夫人看似有些想家，富裕唯有开口邀请：

　　"如果不嫌弃我家人多杂乱、菜薄酒微，晚上就到舍下吃饭如何？"

　　从吃着每一道菜，一直到饭后，詹氏夫妇都对珍珍的厨艺赞不绝口，詹夫人大叹自己对做菜一窍不通，詹瑞庭见富裕一家人和和气气，他们的四个孩子个个都很有礼貌、很有教养，羡慕地对富裕说：

"娶得如此一位贤内助，实在三生有幸！"

遍地小黄花

"大姐，约定您今晚在苑坊晚餐，有要事商谈。"雯雯在纲页上读到大弟文远的留条。

雯雯依约到达苑坊，文远、二妹雯玲、小弟文俊都在座。

"大姐、二姐、小弟，你们知道吗？"两道菜后，文远把话转入正题，"爸最近和一位姓蒋的女人住在一起。"

"妈已去世十余年，爸也实在寂寞，再找个伴儿也是应该的。"雯雯认为不足为奇。

"其实，只要爸爸高兴就行了！"雯玲也没异议。

"是呀，我们都各忙各的，也没太多时间陪他老人家。"连小弟也觉得理所当然。

"可是，我怕那女人看上的不是爸爸的人而是爸爸的钱。"文远说出心中隐忧。

姐弟们讨论的结果是：爸爸的事，儿女们不方便管。再说，钱财是爸爸的，他要怎样花便怎样花。反正，谁也不在乎爸爸是否会给自己留下什么！

"好儿好女不靠父母田，我们都是学有所成的专业人士，爸早已把我们人生的本钱和财产给我们了！"

"爸正式找个女人，总比找流莺好！"

"怕是怕老爸一时糊涂，万一那女人骗了钱弃他而去，他年纪一大把，可否受得了人财两空的打击？"

"钱财身外物，若真不幸言中，我们才劝爸看开一些吧！"

姐弟各人发表意见后，看来他们老爸的事也只好如此！反正，就算他老人家身无分文，姐弟们都养得起他。

于是，他们的爸爸官老先生在子女们的谅解下，和那女人快快乐乐地欢度他们的"第二春"。

官老先生卖掉城里的房子，在郊区买了块地再盖所房子。喜爱园艺的他，在屋前栽满种种植物，遍地小黄花代替绿油油的草地……

除此，她陪着他，走遍半个地球到处留下游踪……

官老先生看来确实幸福快乐……可是，好景不长，他竟突然患病被送进医院！检验结果，患的是 B 型肝炎，家人都被嘱验血，因为这是一种极度危险的传染病。

还好！儿女、媳妇、女婿及内外孙都没事，唯独蒋亚姨是带菌者！各人注射预防针后回到家里，雯玲很不高兴地说：

"我看，爸这病八成是蒋亚姨传染给他的！"

"也许是他俩同时受感染，蒋亚姨成为带菌者，而爸却不幸病发。"雯雯比较冷静。

"爸也真不幸！医生说，一些人在受到感染之后，由于体内抗素顽强对抗而得以免疫！"文远非常痛心。

医生劝告家中各人，在还未注射完三支预防针前，最好勿与病患者有肌肤之亲。于是，照顾老爸的责任自然落在蒋亚姨身上。

官老先生又因为并发症，支持不到半年，便一命呜呼了！

办完丧事，由于蒋亚姨与官老先生并没有注册结婚，无权享受遗产。其实，官老先生比谁都清楚！乡间的屋子与汽车算是给她一定的保障……

虽然时下流行花园墓地，但由于姐弟们的老妈早在十多年前去世，当时在义山买的墓地是双坟地，他们的老爸自然与老伴葬在一起。

转眼又到清明时分。由于官老先生去世未到一周年，算是新坟，姐弟们依旧俗提早扫墓。

姐弟们到达义山，便朝着父母的墓地走去……惊见父母的墓地与附近，遍地都种着老爸与蒋亚姨乡间爱巢的小黄花……

多么的熟悉、多么的温馨……姐弟们说不出有多么惊讶和深受感动……

无言的结局

在人人眼中，高尔福与申秋香是一对璧人，他们一家六口一摆出来就是一个幸福家庭的模式！

"好哇！两男两女，凑成两个好字！"

曾几何时，在别人羡慕的眼光下，她会展现灿烂的笑容，感到很自豪、很满足、很幸福……

如今，同样的一句话，听起来很讽刺，令她觉得很尴尬、无地自容，脸上虽强颜欢笑，心里却很不好受……

她与尔福结婚七年就生了四个孩子，因为他们都很喜欢孩子。可是，就在最小的宝宝出世后，尔福真应了七年之痒，竟与她情同姐妹的闺中好友思思鬼混在一起！

那年，她坐月子，思思好意上门来协助她，每天由尔福载来载回的，也不知他们怎的就混在一起了！还是，之前他们已经有暧昧关系……

更可恨的是，思思竟还珠胎暗结，因为不能有名分，闹着要堕胎；那没良心的，竟还求她接受思思，他对她说：

"我们不错也已经错了，你就大方一点原谅我们，劝思思把孩子生下来再说吧！"

"什么？你们……你们竟……"

那晴天霹雳，令她怒火冲天，气昏了过去……

她才刚生过孩子，身子还很虚弱，怎受得了偌大打击？还说得像人命关天似的，好像非要她答应不可！不答应，反而变成罪人了！

当今，天底下哪还有如此大方的女人？她再也把持不住了！她歇斯底里地哭闹着，整个人像是从云端跌落到无底深渊……顿觉头上变了天，天旋地转，眼前一黑，便不省人事了……

那男人到这一刻才觉悟齐人之福不易消受，才惊觉自己犯下滔天大罪，搞不好搞丢了人命，罪不可恕……唯有手忙脚乱地径自收拾残局！

那怀孕的，见闯了祸，吓得暂且静了下来，男人将较小的孩子和待哺的新生儿寄托在托儿所，还得父兼母职地把另两个孩子带在身边，这才体会到秋香为人母的重担和艰辛！

原本在坐月子期间及稍后因为要照顾四个孩子就已操劳过度的秋香，加上心灵受到严重创伤，一时痛心疾首、神魂俱乱、一朝病倒实难康复……

大病初愈的秋香，身体还很虚弱，还得服用镇定剂；后又发现有潜伏性的"大胫泡"，还有轻微的神经衰弱！

她因为已经自身难保，又碍于面子，有苦无处诉！甚至在疗养院的日子，在不知情的情况下，还得让情敌思思代劳照顾孩子！她终彷徨、无助、无奈、无力、失落地败下阵……

她的生命像一下子枯萎了，命运离不开现实，她还能怎样？选择离婚吗？有病在身的她能获得孩子的抚养权吗？夫妻俩一人两个孩子吗？哪两个孩子跟父亲？思思登堂入室后能否善待孩子？她知道女人的软弱就在此，敌不过就只好委屈自己，给孩子一个完整的家！

秋香和尔福还是生意合伙人，他们若离婚拆伙，资金不足的话，他的生意也很不容易支撑下去，将来孩子深造的教育费还有着落吗？更何况他们的亲友、同行将会如何看他们这一对璧人？再说，他俩都是活跃在社团的知名人士，闹家变总不光彩吧？

她与他，正因为凡此种种情况而约法三章，只做挂名夫妻，继续做别人眼中的一对璧人，让孩子还能同时拥有父母的爱，拥有一个"家"！尔福只能与思思暗度陈仓……

人生真的如戏吗？他们这一出戏会上演多久？结局会是怎样？已经出现裂痕的婚姻还有可能有大团圆结局吗？这个"家"能维持多久？也许等孩子稍为长大，也许……也许……

直到有一天，当尔福与思思母子"一家三口"乘车回槟城思思娘家时，途中发生了死亡车祸。第二天，报章上出现了一则新闻："一家三口，断魂死亡湾"，还刊登了一家三口的生活照，同时引述唯一生还者思思的小弟追忆与姐姐和姐夫经历死亡车祸的过程！

千方百计隐瞒的内幕，委曲求全的一对璧人的假象，很快变成绯闻……男主角走了，女配角陪同，唯独剩下秋香一人演独角戏……

除非天塌下来

"哇……哇……哇……"

"哦……哦……哦……小宝乖，小宝不哭……不要哭……不要哭哦……"

"哇……哇……哇……"

"小宝不舒服啊？妈妈知道了……乖哦！吃了药，睡一觉便好了。"

"哇……哇……哇……"

"小宝乖！小宝乖！妈妈疼小宝哦……"

"哇……哇……哇……"我心里也像小宝一样在哭着……

可是，我没有让妈妈知道。小宝病了几天，妈妈已经很烦恼了！

腋下夹着课本，从睡房里走到客厅。我心乱如麻……为小宝，也为将面对的期考！

"娘！"

"不要叫我娘！"

"娘！你听我解释……"

"我……我跟你说过多少遍？管你有什么苦衷，都不能丧尽天良，做出伤天害理的事……"

"娘！我……我……"

"收手吧！你不能一错再错！要自爱呀……"

"我……我别无选择；我……我已走投无路了！"

"呜……呜……呜……"母子俩同声痛哭……

"呜……呜……呜……"我心里也在哭泣……只不过，不是为剧情而是为自己。

"一失足成千古恨啊……"婆婆对着电视荧光幕在叹气！

"是啊！还是安分一点好！强求真不堪设想。"公公也对剧情有感而言。

见公公和婆婆一人一句地在讨论着剧情，这是他俩唯一的娱乐方式，怎么能忍心打扰他们？老两口的耳朵若有我耳朵般灵，可以把电视机的声量略调低就好了！

"他真的是无路可走才出此下策……"婆婆还在为剧中人的际遇感叹不已……

公公接着换上另一卷录影带……

"我也无路可走了！到哪儿温书去？"这话哽在喉头，不敢吐露……

离开客厅，"嘭"的一声，我把自己关在浴室里生闷气！

"啄……啄……啄……"

"……"

"大宝，是你在里面吗？"

"是的，爸！我……我……"

"你泻肚子啦？待在冲凉房里这么久？"

"就要好了，爸！"

是爸爸收工回家来了！我看着腕表在叹气：

"连这豆腐干般小的空间，也不容我幻想成为书房？"

尽管心里多么不愿意离去，可是爸爸也着实太辛苦了！每天驾着罗厘下完一车货，又得赶上好一车货；回家吃过饭洗个澡，才睡几个小时，就又得赶路去！我岂可再耽误他的时间？

我匆匆合上书本，推开门。

爸爸一见我，一脸欣慰地拍拍我的肩头，和蔼可亲地说：

"大宝真用功，手不离书！多读一些书，将来一定有好日子过！"

我走出浴室，满脑子都是爸爸对我投来的充满期许的眼神……

爸爸工作虽辛苦，可是我真羡慕他！也许是太疲倦了吧？管它多嘈杂，只要一躺在床上，就能呼呼地熟睡了……

我也真想像爸爸一样，先睡他一觉，凌晨四五时再爬起床读书！

我何曾未尝试过！可是，只要一开亮灯，小宝就会醒，妈妈便又不能睡了！可怜的妈妈，一天也只能睡几个小时，大清早便得赶去做清洁工人！公公婆婆更不必说，老两口睡在客厅里，夜里稍一走动，便会惊醒他们。

我烦躁地在房里和客厅来回踱步……

望着爸爸安详的睡态，我的心境渐渐平静。

爸爸和妈妈从不怨天也不尤人，能自己拥有一间一房一厅的组屋，已经感到很庆幸！

此刻，我想：全世界的人，除了呼吸，都在做着不同的事！

我咬住下唇，自我期许：

"集中精神做自己该做的事吧！除非天塌下来！"

到议员家做客

贾老太常常因为外家有了一位担任上议员的达官贵人而引以为荣。

有一次，她的表妹，即那位上议员的家姑做生日，邀请亲戚到家做客，设自由餐会，顺便参观他们坐落在半山的新居。

贾老太一收到邀请，便开始张罗，为丈夫和孩子买新衣：

"那天晚上，我们一定要穿得光光鲜鲜的。"

临出门，又一再吩咐孩子们：

"到了上议员家，你们千万别乱跑乱叫，要表现得有文化一点，别失礼！知道吗？"

"妈，您已经说过好多遍啦！"大女儿说。

"如此麻烦，早知我约朋友去看戏更好！"二女儿也若有怨言。

"你就是如此不识抬举，他日怎能成大器？"贾老太动气了。

一路上，贾老太三句话最少有两句是语带羡慕的：

"我表妹真有福气，有如此能干的媳妇！"

"媳妇能干未必是福！若在家中也摆官款，可不是好受的。"贾老先生总是喜欢与老伴唱反调。

贾老太一时为之语塞。

到了表姨妈的家，虽然还很早，宾客已来了不少，好不热闹……

贾家一家大小，左看右看也不见表姨妈的媳妇，贾老先生又附在老伴耳边说风凉话了：

"达官贵人都是大忙人，连家姑生日也没空帮忙招待客人！"

"人家身不由己嘛！"贾老太压低声音说。

"下一句是情有可原。"贾老先生语带讽刺。

表姨妈忙进忙出，但并没有冷落他们：

"表姐、表姐夫，你们先喝点糖水吧！包办自由餐的还未准备好，待会儿请便，我们只请亲戚没请外人。"

"别客气！别客气！"

表姨妈话还未说完，又得迎客去了。

"你看，人家分开来请客呢。也许是怕我们这些亲戚失礼达官贵人的那些贵客吧！"贾老先生又有话说了。

这时，表姨妈的小姑人还未踏进大门，已连声祝福：

"大嫂，祝您福如东海、寿比南山！"然后，东张西望地问，"大嫂，淑芬呢？怎么不见我们的上议员、我们的淑芬呢？"

"淑芬怕我吃不惯自由餐那些炸炸煎煎的食物，躲在厨房里为我煮些较清淡的小食哩。"

"哎呀！大嫂，我说呀！有上议员为您亲自下厨，您呀，您真好命！"

这下子，贾老先生再也没话说了……他拿起桌面上的报纸想阅读，摸摸衣袋，却找不到老花眼镜！

"你掉了眼镜啦！怎么这么不小心？"贾老太摇摇头，随手拾起掉在地上的眼镜。

姐姐妹妹站起来

"如梦，没料到我们养的第一帮猪长得这么好！每只白白胖胖的，多可爱！"

"光汉，这还不是我们夫妻俩共同努力的成果，总比你单独驾着货车、半夜还在马路上行驶；而我又常常因为担心而失眠，好上千倍万倍吧？"

"很快就可以卖到钱了！高兴吧？"

"嗯！最高兴的还是我们可以天天在一起工作！"

可是就在他们还沉浸在兴高采烈的当儿，却传来了惊天动地的噩耗：

"不好了！不好了！医院传来说，病患者全患上立百病，而不是一般的流行感染症，已死了不少人了，死亡人数至今高达四十余人！"

"什么是立百病？"全村的人都人心惶惶！担忧下一个病患者会是自己或是身边的亲人……

怎么一下子全变了天？据说立百病是由接触猪而染上的！

接着，猪也一只一只地发瘟死去……

接着，这里成了灾区，一个个穿上密不通风的塑胶衣、戴上有氧气供应的头罩的人，有如军队般入侵，一帮帮猪死在他们手上的武器下……

到处传来人的号哭、猪的号叫……

那悲恸的情景，与战争有何区别？人人的心都很沉重！

是灾祸，要避避不过！先是家姑被送进院，治不好死了……丧事还在进行中，光汉又染上病入院，从此一对恩爱夫妻阴阳两隔，留下如梦独撑残局……

与夫婿光汉死别的片断，永远是如梦心里的痛！

是她，是她要他回到家乡，回到家乡养猪的！除了悲伤，还有无限悔恨……

真如一场噩梦，守着几个孤儿，泪都流干了，如梦真不知日子是如何过的！

左盼望右盼望，上头才拨下一丁点的救济金，要买奶，要买米，又要交学费；而他们的投资已血本无归了！

日子天天难过天天过，人就算多软弱也得硬撑！

"我们可以陪你们哭，可是哭过之后，还是要靠自己重新站起来！"

如梦再三细啜辅导员丘小姐的话，觉得很有道理。

悲剧发生之初，她真的不能支撑下去！

她后悔……后悔坚持要汉光改行，卖了货车，回到乡村养猪！

她认定是自己害了汉光，所以心里更加难过，自责更深……

她也真没办法，每天大清早，汉光驾了货车出门之后，她就身不由己地一直担心到晚上见到汉光为止，分分钟怕他出意外！她知道，长此下去，自己一定承受不了的！

以为回到乡下最安心，然而人算不如天算，一场猪瘟，带来了立百病，猪只全被毁灭、埋葬……人也一个个病倒、倒毙……整个村愁云密布，产业没有了，生命也结束了，怎不人心惶惶？想起死去的亲人，想起往后的日子将如何过，怎不痛哭流泪？

猪是不能再养了！她们将何去何从？尤其是她们有六十人因为这次灾害而成为寡妇，又不能抛下家中小孩出外工作，何以谋生？

赈灾的妇女团体为她们成立了寡妇协会。要她们经常相聚、互相激励，共同学习一技之长。

妇女领袖们为她们带来辅导员给她们提供心理辅导；又带来导师，教她们一些可以在家中制作又能为她们带来收入的手工艺作为家庭副业。

当初，她们总是在抱怨，怪赈救金迟来，怪赈救金少……

"姐妹们，赈救金只能应燃眉之急，一切还是要靠自己！"

"姐姐妹妹站起来，对自己要有信心，靠自己的双手养活家人！"

下乡服务的妇女领袖们的每一句话，她都牢牢记住，然后对着汉光的遗照重复多遍地转告他，也借此自励一番……

每次，对着至爱的丈夫的遗照说话时，感觉上，汉光是和他们在一起的！就好像昔日一家人坐在客厅聊天没什么异样……

"我们相识、相知、相爱至今十二年，你虽不幸离开了我们，可是我们的爱，却是天长地久的！"

"妻子是娶回来疼的，我会爱你一辈子……"她忆起汉光爱的宣言，还是一样陶醉，他确实尽全力了！

"你看，明芬、明明、明慧、明强这四个孩子现在多乖，会帮我把人家送来的旧杂志撕下，卷成一枚枚的纸藤，让我制成篮子拿去卖哩！"

如梦向汉光扬扬手中的篮子。

"告知你好消息，最近我们又学了一些新手艺，而且我们都变得很有创意、很有成就感！"

她欣赏着刚制好的篮子，得意扬扬。

"看到我们脸上的彷徨、伤痛、无助、阴霾全消失，取而代之的是容光焕发，妇女领袖们说他们都感到很欣慰！"

她一脸欢愉，她感觉到汉光的脸，也一样欢愉！

病

　　卓老好不容易才盼到探病时间。

　　"爸，您今天觉得好一点吗？"

　　"还不是老样子？这次进医院又不知道要拖到什么时候才可以出院了……唉……"

　　"您急什么呢？让医生仔细再检查清楚，好对症下药。"老伴苦口婆心地安慰他。孩子们也很孝顺：

　　"爸，我熬了点补汤，您先喝汤，再吃饭。"

　　"爸，我买了些杂志给您看。"

　　"爸，当今医生医术高明，您就别担心了。"

　　探病时间一过，卓老又惆怅又焦虑……开始胡思乱想……

　　他知道自己这副老骨头再也逞强不起来了，一身的病和并发症，进进出出医院，如此下去，恐怕孩子们负担不起高昂的医药费，个个被拖累，苦不堪言……

怎么办？怎么办？卓老知道孩子们有孝心，不会弃他而去！

他心里明白，他们一个个看似轻松，背着自己时心里可有多苦自己知！

他虽然睡眼蒙眬，可是脑细胞被忧郁骚扰得无法入眠……

要是大耳隆追上门喊打喊杀了！可以不担忧吗？

再这样下去恐怕会吓坏孙子、搞出人命……

孩子们口口声声叫他安心养病，他怎能安得下心？

他要出走！出走！到一个孩子们找不到的地方……到一个没有人认识他的地方……

他走啊走啊……

他跌倒了昏了过去……

他被救了，醒来的时候，他在医院里。护士们七嘴八舌地问个不休：

"老伯，您叫什么名字？"

"老伯，您住哪里？家里有什么人？"

他其实很清醒，可是他不答话，他选择摇头……摇头……

"这老伯不会是痴呆老人吧？"

"从此就让政府照顾我这痴呆老人吧！"他暗笑，"孩子们从此可有好日子过了！"

想是这么想，可是卓老觉得自己孤苦伶仃，有家归不得，非常可怜！

"别担心。如果他有家人，他们一定会报案找人的！要不，我们也可以发通告找他家人。"

"糟了！"卓老似乎看到自己大大的人头照片登在寻人启事栏上……

"不……不……噢！不……不……"

"爸，您怎么了？"

"爸，您做噩梦了吗？"

"爸，您醒醒……快醒醒……"

他原来一直躺在原来的医院原来的病床上！他原来没出走……

"爸，医生说您今天可以出院了。"

"这次的医药费又是多少？"

"八千八。"

"这么多？"

"给了十年的医药保险费，才用它十多二十千，不就像存款……"

他记起来了！那年，他和老伴结婚三十周年纪念日，孩子们送给他俩各一份医药保单，他曾在保单申请书上签了字，怎么忘了呢？

他不由暗骂自己越老越糊涂，白担心一场……

寻医

大多数人五十五岁就退休了，然而程成的服务机构在特别情商的情况下让他工作到六十二岁。

一个忙碌惯了的人，一下子静下来，多少有些不能适应！一生劳碌命，闲着总觉得一身不自在；终日无所事事，人更纳闷……人一纳闷，总觉得周身不对劲，加上闲着无事做，缺少走动，终日昏昏沉沉，像是病痛缠身……

"反正有的是时间，也该做个身体彻底检查吧？"他对自己说。检查结果，他那运作了六十二年的"机器"还相当好；一副老骨头还相当硬朗！一把年纪心跳正常，也没有骨骼疏松症，身体基本上无大碍，已经值得庆幸！当然，高龄人血压、尿酸略高也不算是严重，只要注重睡眠饮食即可。

检查报告归检查报告，他始终感觉自己的体内隐藏着一些一时检查不出来的暗病！要不然他不会时不时好像有些耳鸣、头晕，或是不适却又说不出什么毛病的现象！

"我一定要再找医生说说清楚，再详详细细做个检查，反正现在我有的是时间！"他一再对自己说。

　　于是，他只要听说哪一位医生包括中医师医术有多好，他都去试试看看，问问意见。他其实有不少计划，忙的时候没法实现，早就想等到退休后才一一实现，退休后要多逍遥就有多逍遥……但是，无论如何他还是认为先把身体调理好再说！

　　最近，一位朋友告诉他有一间开在购物中心底层的医疗中心，用浸脚及脚部按摩方式排毒，深具医疗功效，他当然要去尝试尝试！

　　尝过之后，他对这种医疗法很有信心，因为他眼见浸着脚来按摩的水在几分钟的时间内，渐渐转成浅褐色，成功地把体内的毒素排出，然后走起路来都觉得轻松多了……

　　他对孩子们说，他深信，只要调理一段日子，他以前因为太忙碌忽视健康而引起的痼疾一定可以全部消除。

　　一天，他正在浸着脚，一批消费人事务部的官员到医疗中心突击检查，拿走了所有器材及药物。

　　第二天，份份报章头条新闻图文并茂地大事报道，原来倒进浸脚水的一些白色像食盐的化学药物，在水中泡浸一阵子，就算不把脚放进水中，水也会自动变成浅褐色……

　　程成也被拍进镜头里，虽然被打了格子看不清嘴脸，虽然自己是受害人，但他因为自己的愚昧而无地自容……

苦旅

　　颜氏夫妇每年至少出国旅游一次，这次他们选择了参加这个中国锦绣河山十五日游的团。通常参加旅行团去旅行的人，多是夫妻俩结伴度蜜月及补度蜜月，或是找个志同道合谈得来的亲友同行，又或是陪父母同行，很少是孤单一人的。

　　在这次的团友中，有一位甚少说话的女人，是孤独一人参团的。颜氏夫妇一路上特别留意这个女人，见她背着一个年轻人常用的小背包，与她的一身衣着不太相称，发现她有不少怪癖，比如用餐时总选择坐在角落，有时还会喃喃自语，她选择了多付旅费一人独住一房，等等。

　　一天，这女人摘下背包在找东西之际，一个不留神，被一扒手抢走了背包，她一时吓呆了，接着大声喊叫："打抢！打抢！捉贼！捉贼！"众人追了上来，可惜却给打抢的人逃之夭夭了……

女人眼见追不回失物，竟像小孩般坐在地上号啕大哭，众人安慰了很久她才停止了哭泣。

"护照被抢了？"

"钱都放在袋里吗？"

"被抢了些什么？"

众人你一句我一句关心地问。

她猛摇头，拍拍裤袋，众人暂且松了一口气，尽想些安慰的话……

"我……我丈夫他……他不见了！"她歇斯底里地又哭嚷了起来！

"你买给丈夫的什么不见了？"

"很贵重的东西被抢了吗？"

众人又不断地追问……她欲言又止，不断地叹气！然后爆出一句令众人都惊骇不已的话：

"我丈夫的灵牌被抢了！怎么办？怎么办？"

众人哗然！那背袋里原来装着的是她先生的灵牌和遗照！

"你要把你先生的灵牌带回乡？"

"你先生的乡下在哪里？"

又是一连串的好奇……

"我带着他一起旅游，圆他的梦！"

闻者毛骨悚然！想她必是患有精神病！

她坚持要报公安，相信抢去背包者找不到财物会把背包丢弃，有望找回。

　　原来，她丈夫原本想安排好退休之后，领了退休金和公积金，便与她两人一起去旅游的。未料到，竟只差那区区的一个星期的时间，他也等不到！

　　他为了避开那讨厌的塞车，每天提早两个多小时上班。那天到了办事处，附近的小茶档因为东主有事没开档，他见没地方喝茶看报，便开了冷气在车内睡觉，就这样不知不觉吸进了过量废气而一命呜呼……

　　她简直不敢相信，好好的一个人，看着他出门，从此就阴阳两隔。葬礼过后，她坚持要带着他的灵牌一道去旅行……

　　灵牌找不回，她更闷闷不乐，心情比较早时更沉重，完全没有旅游的心情，简直像是随团来受罪似的。颜氏看不过眼，忽有感冲口而出：

　　"人生在世，难免会遇到一些遗憾的事，何必耿耿于怀呢？换个角度看，说不定你丈夫还想留在中国多看看……"

　　"也许是吧！"

　　那女人说了这句话，整个人如释重负，脸色比之前放松很多。

失落

像他们一般年纪的人，都有同一般心态，希望儿女事业有成、早日嫁娶、子孙满堂，安享天伦，同时身心健康，能结伴游山玩水……

前一阵子，他们一团乐龄人士，参加了三天两夜的本地旅游，聚在一起，话题总离不开儿女婚事、子孙福，羡慕好命的团友，也同情命运欠佳的……

"养儿防老？现实证明买储蓄保险，身边多个钱还更有保障。"有人有感而言。

"相士说我少年辛苦，却有晚年福，看来相当灵验！"

"哇！儿女都有成就，光宗耀祖、子孙满堂，真有福报！不枉你做了一辈子的善事！"

金娣和老伴庆幸他们唯一的儿子和媳妇还与他们同住且相处得相当融洽，又给他们生了一个男孙、一个女孙……

一天，金娣夜里醒来，无意中听到媳妇与儿子在交谈：

"我们新房子的交通可没有这里方便！"

"要不是建在郊区，能那么便宜吗？"

"那倒是！我们已经比较过很多地方才决定买这所房子
的。"

"是的，都已经还了两期的钱了。"

"还是努力点赚钱、省点开销吧！"

她心里好纳闷……

怎么会这样？她真不敢相信儿子买房子会不告诉他们！

她越想越生气……

难道儿子打算搬出去？

她好伤心……

她不想跟老伴透露，一人心痛总比两人心痛好！

她只好独自伤心、独自生气、独自纳闷……

但是，又能瞒得了多久？房子一建好，儿子就会搬走！

到时，她心里有所准备，还可以硬撑下去，就恐怕老伴
会大受刺激……

看来，一定要设法在周边一些亲友中找出类似实例，逐
步引导他，好让他到时别太难过……

不是她多想，她这么肯定，是因为她曾对儿子提过：

"如果以后嫌屋子小，卖掉这间屋子换较大的，也够给
首期。"

她确定她是这么说过的！当今儿子买房子不与两老商

量，分明就是要把老屋留给他们，自己搬出去另组小家庭……

享什么儿孙福？她越想越失望、越想越失落！

他们能怎样？他们就只有那么一个儿子！儿子不跟他们住，他们又能跟谁住？

要来的终究会来的！

一个星期天，一家人在外吃过午餐后，儿子把他们载到一个正在兴建房屋的工地去，在一间示范屋前停下车。

她心里有数，立刻走到老伴身边，紧紧握着他的手。

一步入示范屋，儿子神采焕发地说：

"爸、妈，明年我们大概就可以搬进新房子过新年了！"

"你买了新房子？"老伴很高兴，频频点头，"看起来还真不错。"

她勉强挤出一丝笑容。

"爸、妈，快过来看看，你们要住头房还是尾房？"媳妇也加把嘴。

她没有听错吧？她是在梦中吗？

"你们钱够吗？几时要把旧屋子卖掉？"她笑容可掬起来，闷气全消！

"卖掉屋子我们现在住哪里？放心吧！我们钱够付首期，我们还年轻，可以拉长供房子的年限。"

"卖掉旧屋子，你们就可以多付一点钱，少借一点钱可以省下不少利息。"

"爸、妈，你们已为我操心了大半辈子了，还想再操心下去吗？"儿子反问。

儿子真的长大了！她顿时老怀大慰。

"等搬入新居后，你们若要把旧屋子卖掉，就把钱用在旅游吧！要不，收租存下来的钱，爱怎样花就怎样花。"

儿子真的独立了！

心 结

　　"儿子呀儿子，你说怎么是好？你老婆最近结识一男友，正在蜜月中！"

　　"……"

　　"儿子呀儿子，你告诉妈妈呀！妈妈该如何是好？"

　　"……"

　　炳嫂明知道就算她哭断肠，儿子也不会说一句话！可是，媳妇的事，她不跟儿子说，还能跟谁说？

　　她心里着实很乱，她怕留不住媳妇，甚至连孙儿也会被媳妇带走！

　　现在是什么年代了？一纸婚约又算得了什么，女人不一定注定要认命要从一而终！她有什么理由留住媳妇？她已六神无主，告别儿子，跌跌撞撞地竟撞倒了人，自己也跌了一跤。

　　"炳嫂，炳嫂，您怎么了？有没有跌伤？"

"祥嫂，对……对不起，我……我没什么事。"

"没事怎会来这里？"

"我……我……"

"想儿子？"

"你也是？"

两位伤心的老人家互相诉苦，又互相安慰：

"看开一点吧！"

"你也是。"

"唉！"

"别再叹气了！"

"祥嫂，我就快没了媳妇没了孙儿了，恐怕就剩我一人孤苦终老了！"

"炳嫂，你不是说，你只有一个儿子没有女儿，儿媳妇进门后，你一直把儿媳妇当女儿看待吗？"

"是的！一直以来，我就把媳妇当女儿！"

"那你就高高兴兴地接受事实，把媳妇当女儿嫁出去，从此还多了个女婿，女婿也是半边儿子，你家就是媳妇的娘家，怎会没了媳妇孙儿呢？怎会互不往来，孤苦终老？"

炳嫂被祥嫂一言惊醒。想想，儿子去世都快五年了，媳妇还年轻，也应该找个伴！想通了，人也轻松多了……

放下

　　彩霞孤独疲惫的身躯几乎已承受不了烈日的暴晒，她双足像拖着千斤重的铁球寸步难移，接着是心跳加快、头晕眼花……经验告诉她是血压升高的迹象，她必须找个地方坐下喝杯水吞粒降压丸，就算心死人也千万不能病死！

　　半个钟头前她银行户口还存放着刚从公积金过户的一笔高达百多千的款项，可只签了个名字，钱都转账到那放高利贷的户口去了！她但愿财散人安，再也没有收账的天天上门恐吓一家大小，老天爷也真要保佑自己及家人都不要病倒或出什么意外了，因为已身无分文防身！

　　虽说钱是身外物，然而对工作了三十余年的单亲妈妈而言，一人的收入得养大三个儿子，谈何容易。除了非到五十五岁才能领取的公积金外，哪还能有什么钱存下来？

　　"唉，三十余年才存下那一笔小小的款项，只那么一转眼便化为乌有了……世事真难料，花了多少人力财力和时间才建峻的摩天楼，被恐怖分子劫持的飞机一撞便倒塌了！教育孩子成才做人也非易事，稍一行差踏错，一失足则成千古恨，奈何？奈何？"除了叹息，她真不知道还能怎样。

彩霞原本可以跟着长儿享天伦之乐，或随次儿移居澳洲。然而，她又怎么放心弃那最没本事又不长进的幼儿于不顾呢？要怪也只能怪自己太宠那老三，他才会游手好闲不知长进，债台高筑……

自小，三儿汉生天生比两个哥哥迟开窍，身体也比较差，还有哮喘病，管教稍严厉，哭哭啼啼一阵之后，一定病倒！彩霞不知不觉中就把汉生给宠坏了……变得不妥协、娇生惯养、依赖成性，借着自己有轻微的忧郁症，不能承受压力，认为兄长家人的协助是理所当然，借去的钱永不归还，最终贷借无门才与高利贷扯上关系……

好不容易才从债务中脱身，就算倾家荡产换来心安，彩霞是心甘情愿的！只希望儿子从今而后安分守己……

可不久，儿子的享受主义又恢复故态，挥霍无度……一会儿家里添置个29寸的大电视；一会儿又举家旅行……

"汉生，你哪来的钱？可不好再借贷过日了！"彩霞苦口婆心地劝导。

"云顶赌场赢的！"

"什么？你还敢赌钱？输了怎么办？见过鬼还不怕黑……"

"别担心，小赌怡情，答应你无论如何不再借钱。"

一家人相安无事的日子是值得庆幸和珍惜的……

一天，彩霞上超级市场购物之后约了朋友到一家新开张的茶座喝茶。朋友还未到，她打量四周环境，觉得相当优雅，邻桌坐着的两位小姐，就对刚端上的飘着香气的咖啡赞不绝口：

"真没料到这里有这么好喝的咖啡，汉生一定喜欢！"

"姐，你的汉生最近对你怎样了？"

"那死鬼有钱不发穷恶的时候出手是顶大方的！"

"姐，你中指戴着的钻戒，就是你在电话中告诉我说他买来送你重修旧好的那颗吗？"

"那衰鬼欠高利贷几十千元吧？借个户口转一转，他竟骗他老妈百多千元的公积金说要还债，所以最近手头很松动！"

"看，说曹操，曹操就到了！难怪人们常说白天不要讲人……"

"是我约好他来接我回家的。"

彩霞抬眼一看，此汉生正是自己亲生、自己面对了三十多年的汉生……她真不敢相信这是事实！

她真的很生气！血压肯定不断上升上升……她刮了汉生一巴掌，伤心欲绝地奔了出去……

她竟中了老千，而这老千竟是自己的儿子！母子情哪里去了？绝望之余，就当没生过这儿子……

　　深深地吸入一口气，为了缓和那高血压，她尝试渐渐放松自己……

　　突然，很奇怪，有一种死而复生的感觉，她告诉自己，该是把包袱放下的时候了……

手术

王永胜因为割除胆石，手术后得住院两三天，视复原情况而定。

进院前，他吩咐家人不必告诉任何人，就当他出小差好了。

妻替他选择了两人同房的疗养室，一来，人不太杂；二来，就算晕倒也有个照应，事因他坚持，只是小手术，不必劳师动众，反对家人陪过夜！

岂料，他的邻床伙伴却似好客的人，来探病的人车水马龙，满房都是水果花篮。

幸好，就算再吵，永胜也可以闭目养神；而且一旦睡着了也不容易被吵醒。对他来说，手术后，最好多多休息。

邻床的见没什么人来探望永胜，还扬扬得意地问："你没什么朋友？"

一转眼三天过去了，到了出院的时刻，邻床的室友对永胜说：

"今天我儿子没空，叫他好朋友来接我出院。你呢，谁来接你？"

永胜还未答话，从房门外走进来一个大个子，见了他忙问：

"咦，王老板您什么事住院？"

"割胆石小手术而已。"

"还好吧？"

"现在科技发达，用激光开刀，很快就可以复原了。"

"小邝，原来你们是认识的。"待在一旁的邻床老兄惊喜地问。

"胡伯伯，原来您与我公司最大的客户王老板是同房。"

那胡伯伯的表情，看起来有些汗颜……

这时，永胜的妻儿们也来接他出院了，就此结束了他们三天两夜同房之谊……

狩猎

邢老爹和老黄都很喜欢打猎，也因此成为好朋友，两人和同伙结伴打猎也有二十余年了。

像往日一样，四更时分，他们一伙人相约摸黑出发。不同的是，邢老爹带了两个儿子同行，说是要让他们见识见识，也是时候栽培接班人了！

一伙人静待在林中狩猎的时刻，邢老爹的两个儿子耀明和耀辉因为是第一次狩猎，感到特别兴奋、特别紧张！

尤其是耀辉一紧张起来，频频感到尿急！说时迟那时快，他人有三急正在解决中，"嘭嘭"两声，周身竟被散弹击中，扑通倒在血滩中……

白发人送黑发人，是最悲惨的事！邢老爹怎么也没料到就这样失去一个至爱的儿子，加上老妻终日哭泣唠叨，他逢人便后悔地说："老天爷要惩罚，应惩罚我本人呀！"

从此，邢老爹再也不狩猎，还常常梦见群兽在追他……

今生无憾

邢老爹知道自己已病入膏肓。连月来，亲友们都相继来到医院探病问候。除了至亲，大多数亲友就只来那么一两趟，算是应酬又或来"话别"吧！病久了，住院住久了，人也就有些烦躁，更何况面对时日无多、随时夺命的绝症？久病难顾，试问有谁可以常守在身边舍时相陪？唯有寂寞、悲伤、失眠长伴，于是睡睡醒醒，人也迷迷糊糊……

"邢老，何必沮丧？您还有我！"

"你是谁？"

"您不记得我了？我是邓逸辉呀！"

"邓……邓逸辉？哦……哦！"

蒙眬中，眼中又好像出现了一些影像……

"你们又是谁？"

"我们不就是回头浪子坤明和坤宁嘛。"

"还有我丁璇，那腿残志坚的新女性。"

"还有我这吃得苦中苦的单亲妈妈。"

"还有……还有战胜病魔的建平。"

"我……热心社会公益的忠贵。"

"我们都来了！"

"好！好！好！你们都来了，"邢老爹乐开怀，"你们都是我笔下创下的代言人，你们将延续我的精神、延续我的志业，作为千千万万典范的化身，世世代代各自精彩地积极扮演多元角色……"

"是！"

此刻，邢老爹觉得今生无憾的畅快和解脱……

年纪轻轻的他就喜欢做义工，举凡社区服务、社群教化、福利工作，从不落人后。人到中年，爱民爱国的使命感萌生，促使他参与政治行列，虽只担任过小小的州议员，由于他勤奋积极投入角色，得到各方面的助力和支持，也真有一番作为！现今人老了，人不在其位了，人和事迹渐被淡忘，昔日的满腔热情被一种莫名其妙的疏离感取而代之……

早年，生活接触面广、见识多了，对人对事的种种感触良多，写作题材不胜枚举，于是种种的冲动和鲜明的人物形象都成为他笔下的作品，活在他的小说世界里、活在人们的心里，有需要到"他们"时，就会像刚刚那样随时跳出来说话……

是"他们"，是"他们"激励了他！他对自己说，只要他还能继续呼吸，他就要继续创作、创作……

身在福中

　　住在吉隆坡的佩思拨了个电话给住在槟城的妹妹佩琴，说：

　　"我想到槟城住几天，我们姐妹俩叙叙旧如何？"

　　"好啊！快来吧！槟城有很多小食，都是你喜欢吃的！"

　　姐妹俩见了面，非常高兴。结了婚的女人，话题永远离不开丈夫和儿女。

　　姐妹两个个孩子都事业有成，都很有出息，这是值得安慰及引以为荣的事。可是，两代人住在一起，难免有不少枝枝节节的不如意事——

　　佩思此次到槟城散心，多少是因为心里有些不开心——

　　"这话怎么说？"

　　"以前，家里大小事都由我做主，包括他们吃什么菜，也全由我决定！可是，现在媳妇已不让我上菜市了。"

　　"也许他们怕你辛苦。不必买菜，乐得清闲，有什么不好？”

“连我一家之‘煮’的地位，也让那印尼女佣占去了！”

“子女们是想让你享享清福呀！”佩琴有不同的看法，“你怎么身在福中不知福？”

“也许是吧！”佩思语调里带着几许无奈——

姐妹俩谈着谈着，饭厅里传来佩琴媳妇灵灵的声音：“妈、大姨，菜都凉了，你俩还只顾着聊天？”

吃饭时，灵灵把放在佩琴面前的猪脚醋端开，换上一盘素菜，对她说：

“妈，您别尽选肥肉吃！都一大把年纪了，受得了吗？”

饭后，姐妹俩继续聊天。楼上又传来灵灵的呼唤：

“妈，夜深了！还不冲凉？可别又整天喊风湿骨痛！”

“姐姐，你看到了，灵灵什么事都要管！”佩琴皱皱眉头，一脸无奈地苦笑，“好像她是我妈！”

“佩琴，你可真好命！她管你，表示她关心你，我羡慕还来不及呢，你还在埋怨？”

“是吗？”

“你没感觉到吗？我们以前不也是如此对子女们唠唠叨叨吗？”

经佩思一提，佩琴心里甜丝丝的，倍觉自己幸福……

旅游配套

尤爸爸参观了旅游展，填了些幸运抽奖表格，竟中了奖，获得一张到波德申海浴场免费住宿两夜的双人房礼券，雀跃万分！

尤爸爸与老伴度假回来后，接获有关单位女职员的询问电话：

"尤老先生，您是否很享受您在波德申大富华酒店的假期？"

"不错！的确不错！"

"我们还有许多优惠配套可以让乐龄人士参与，尤老先生什么时候有空，都可以到我们公司来看看。"

尤爸爸问明地点便与老伴摸上门，反正他们有的是时间！

尤爸爸最终选择了一个全家人都可以参与的旅游配套，以分期付款的方式，每月只需供区区三百五十元，为期五年，之后每年就可以免费住宿该机构属下两房一厅公寓式酒店七天，长达三十年。

尤爸爸买这旅游配套是因为该公司在波德申、马六甲、云顶、槟城、关丹、邦咯岛、伦敦等地，都拥有房产供选择。最大的原因是，再过几年他们也许要到伦敦去探亲，伦敦的酒店一定很贵，若能免房租该多好！另外一个更重要的原因是，他们想每年都最少有两至三次机会一家人一起去旅游……就算他和老伴相继离开人间，子女们也还可以每年结伴旅行、相亲相爱……

他们全家人去了多次波德申、一次云顶、一次槟城，都尽兴而归！接下来，他们想去关丹或邦咯岛，都没办法订到房间，每次都叫他们去波德申，因为该公司在波德申的公寓酒店拥有最多单位，在其他热门地区的公寓酒店只拥有数个单位而已，早已让其他会员捷足先登了！

渐渐地，他们觉得很麻烦。该公司的职员表示要订热门地区的公寓需尽早，可是他们早半年订还是订不到房。有一年，他们一家人相约一道请假，早在一年前就计划好向该公司订邦咯岛的公寓酒店，你早订别的会员也早订，结果还是让他们失望！

每次度假都到波德申，要不就是云顶，也实在没什么新意！接着，家里添了对双胞胎的孙儿，也不方便出门，有两三年没去旅行了。

时间过得真快，孙儿一个一个出生、一个一个长大，一家人又想去旅行了！

一问之下，原来提供的每年七天免费住宿，你不住白不住，不可以拨到下一年。有关负责人还说，除了五年供期，每年还需付会员年捐、管理费一百五十元，他们已经拖欠了两年的年捐和管理费，在订房前必须付清！

尤爸爸再问，原来也还只剩下在波德申的单位而已，扫兴加气愤，旅游心情完全消失，破口大骂！怪只怪自己当初未看清楚合约，一时兴起就签约！

回老家吃饭

"老婆，亚坤回来了！你看，媳妇、孙儿们都回来了！"

"真的回来了？怎么不提早告知？"

杨伯仲和仲嫂满怀高兴，笑得见牙不见眼，比中了福利彩票还高兴……

儿孙们刚进门，仲嫂就匆忙走进厨房，看看有些什么可以煮给他们暖暖肚。

午时已过，黄昏将至，杀鸡还得煮开水，明天再杀鸡吧！

冰箱里只剩下一小块肉，加些冬菜可以滚个汤给孙儿们下饭。大人怎么办？怎么办？家里只有些咸鱼和小江鱼干，加个蛋和长豆大概也可以炒出一盘有味饭，可从来就没想过给儿子媳妇做这么简单的晚餐……

仲嫂想了又想，就只有这些可以煮给儿孙吃了，这其实也是老两口平时吃的！

这晚，她就这么反反复复被同一个梦境困扰着：儿孙们突然回家了……翻转整个厨房，家里也没什么可煮的……怎么办？怎么办……

一夜失眠……怎么会有这样的梦？

其实，老两口心中的图画是：一家人围坐着，满桌子大鱼大肉的，尤其是那养了很久、就等着儿孙回家吃饭才杀的阉鸡！

可是，儿子亚坤总是那么忙碌，每次说好了要回老家吃饭，都因为有事而失约，好像什么事都比回老家吃饭重要……

而家里养着的阉鸡也因为这样而延长了生命！

多少次，失望之余，伯仲抱着阉鸡说："你又可以多活一阵子了！"

伯仲和仲嫂年轻时，也是把事业和儿女排在首位，然而父母在心中也有一定的地位，那时是三代同堂，住在同一屋檐下的时代……

仲嫂向老伴提起梦境，老两口一脸落寞……

爸爸的眼泪

沈妈妈去世了。

长女心梅很伤心，沈爸爸更伤心。沈爸爸和沈妈妈感情非常好，秤不离砣、出双入对，不知让多少人羡慕。

"爸，要不要叫大弟回来奔丧？"心梅问。

"不必了，他身体不好。"

"可是，他是长儿。"

沈爸爸欲言又止，泪水一串接一串地流下，心梅从来就没见过爸爸如此伤心，一时也不知道该怎样安慰他。

"心梅，也许爸很快就会随你妈去了。"

"爸，不！爸会长命百岁的！"

"爸不怕死，只是有些事必须交代清楚。"

"爸，您有什么事尽管交代好了！"

"你大弟他……他……他已经不在人世了……"说着说着，沈爸爸已泣不成声……

"什么？"心梅像被晴天霹雳炸得粉碎，"什么时候？是什么时候的事？"

　　"早在去中国治病的初期……"沈爸爸哭得更伤心了。

　　"已经四年了，您………您……我们……我们写了那么多的信？"

　　"是我交代那边的侄儿冒充大弟的笔迹给你们回信的。"

　　"爸！"心梅心里一阵撕裂的痛。

　　"我把他的遗体火化了放在故乡的宗祠……"

　　"您怕体弱多病的妈妈受不起打击，就连我们也隐瞒了？"

　　"你说呢？你妈承受得了吗？你大弟是我们家里唯一的男丁！"

　　"而爸您就一直独自承受白发人送黑发人的丧子之痛？"

　　父女俩抱头痛哭……

妈妈的智慧

"妈妈，最近婆婆像有点不太对劲，同一个问题，问了又问。"小敏有感而言。

"你也察觉到婆婆人老了，变得健忘了？"翁妈妈问。

"是啊，刚刚才问过的问题，两分钟不到又再问，而且问了又重复再问……"

"这是老人病，我和你爸已经带她给医生检查过了。"

"人老了都会有这样的毛病吗？"

"通常有痴呆先兆者，才会发生这种现象。医生说，我们千万别因为这种情况就不跟她谈话了。否则她的病会更严重。"

过了一段日子，老人家不见好转，反而日益变本加厉，三更半夜煮了夜宵去敲孙儿彬彬的房门："彬彬，读书别读太夜，吃了夜宵就睡觉哦！"

"婆婆，我已经工作了，不读书了！我是睡着了被您的敲门声吵醒的……"

但是，她老人家像听不懂，一定要把夜宵交到孙儿手中，吩咐孙儿趁热吃……

早晨，天还未亮，又去敲小敏和彬彬的房门："快起床上学，校车就要到了！"

兄妹俩不断向妈妈投诉，说长此下去，肯定睡眠不足！

"别抱怨，像是时光倒流，可见婆婆以前对你们是多么的无微不至。"

翁妈妈也真担心，因为婆婆的脚没有什么力，晚上下楼梯，易跌跤，太危险了！于是，翁妈妈想了个两全其美的对策：在楼下楼梯口做了个门，对老人家说孙儿们吵着要装冷气，必须要做门封起来。二则，再也不必担心老人家上下楼梯跌跤。但是她一而再和儿女约法三章，绝对不能与老人家隔绝，两人一有空就要下楼，多多与婆婆谈话说笑。

"妈，婆婆对我们说的话，似懂非懂……"

"那你们可以更放心，心底有什么不想让人知道的秘密，尽管对她细诉，总比闷在心里好得多！"

翁妈妈最后还是不放心，请了个女佣陪伴她老人家，别让她忘了关水喉、熄火炉等等……

"记住，虽然有了女佣，我们还是要多陪婆婆说说话，女佣怎么也不能和亲人比较，我们的关怀和呵护，婆婆还是会感受到的！"

一直以来，兄妹俩对妈妈的智慧，佩服得五体投地……

老天爷开玩笑

富华的人生像坐过山车般，一时顺、一时逆、一时大起、一时大落地起伏不平。

早年，他子承父业，经营父亲创下的小小家族生意，后来因为灵机一动，单靠一项小小的新发明，就一本万利地给他带来一些财富，渐渐发展成为一家有规模的公司，住洋房、坐名车、有司机……

后来，因为市面上出现了另一种比他公司的产品更好更价廉物美的代替品，他的生意一落千丈。接着，元气还未恢复过来，又遇上空前的经济大风暴，被吹得遍体鳞伤，无奈宣告破产。

然而，顽强的生命力在支撑着他。毕竟，他还年轻、还有头脑，这就是他东山再起最大的本钱。

在经济萧条的日子，他甚至做起小贩来。因为，唯一靠小小资金、有现金收入的生意就是做熟食。经济状况不好，人们没钱吃大鱼大肉，只要能填饱肚子就能做事，他和太太两人就从卖经济粉面、糖水、水果做起，大热天还到工业区去卖新鲜蔗汁……

他就这样，靠一元几毛翻身，接着开了家小小的美食店，没料到太太的烹饪术大派用场，太太平时拿手的珍珠奶茶、特别配方的饮料、果冻、可口的小食、具家乡风味的面食等大受欢迎，天天高朋满座……加上他这经济管理奇才，很快地发展成连锁店，又回到以前风光的日子了。

他感恩老天的眷顾，让他一次又一次地安然走出困境、走出瓶颈。感恩之余，他开始热心慈善、回馈社会……没料到，老天又跟他开了个很大很大的玩笑，大概也算是恶作剧吧，一场交通意外虽大难不死，却令他终生不良于行，他骑脚踏车参加越野赛、环游世界拍照写作、打高尔夫球等美梦全化成泡影了……

因为有了固定的经济基础，富华每月收入可观，家产一辈子也花不完，上了轨道的连锁生意可靠电脑操作，无须太劳心，他决定退下来，安心将生意交给孩子们接管了。为了使自己不因为不幸的遭遇而消沉，他很平静，也不怨天不怨地，更不怨命运弄人，他依旧热心社会公益，取之社会用之社会。只是，他很清楚，活到这把年纪，他需要的是找到能帮助自己修身养性的事来做，他要有些心灵的寄托。

于是，他请了位书画家来教自己字画，闲来画画写字；

早期的文学底子，加上他起起伏伏的人生际遇：人间人情冷暖、家人的关爱和耐心支持、成功失败、生活的点点滴滴，历历在目……只要手中有个电脑，他就可以天马行空地想象、创作、交友，日子还是过得很惬意的！

他已快八十岁了，子孙满堂，最近又锦上添花地获颁了个文学奖！他怎么也没料到，人生走到这里，给他带来最高荣誉的，还是文字；以后能留给世人的，也还是文字……当然，留给子孙的，还有那连锁生意的金字招牌！

于是，他成立了一个慈善基金会，将他部分存款拨给基金会，并规定将每年来自连锁生意的十五巴仙营利拨入基金会，以方便长期运作……他认为，这应该是最好的今生无憾的安排了！

当一切安排妥当之后，老天爷最后的一次玩笑，竟是让他微笑着伴美梦长眠……

困

当萧成友遇交通意外身亡的噩耗传出之后，他生前的几位好友无不深深惋惜：

"自从失恋，他几乎把自己都封闭起来了，好不容易才决定去散散心，怎料到……"

"一个人散什么心？说不定不是车祸是想自杀……"

"不会吧？"

"都是那没良心的翠婷害的！"

"人财两空，如此打击，确实很难承受！"

萧成友的遗体在出事的地方火化，骨灰在他家人安排之下运回国，好友们连见他遗容一面及追悼的机会都没有！

翠婷成为人人指责的祸首、罪人！

她但愿时光能倒流，她但愿她能爱上他，她但愿他能有喜乐，她但愿……

她深深懊悔！情愿当初没有接受他的援助，遇到丧父之痛、无钱交学费不能完成学业总比闹出人命好！

当她最绝望的时候，是他！是成友把他赚到的第一桶金全数用来协助她渡过难关！她曾拒绝，但他说来日方长，钱用去了可以再赚回来，先渡过难关完成学业再说！

她与他在大学里认识，私交不错，她父亲患病那段日子，她天天担忧彷徨，他耐心地倾听她细诉心事，感受到她的悲伤无助……

他早她一年毕业，打算工作几年多赚些钱才回国；见她有需要，就身不由己地有那冲动要帮助她……

当时，她彷徨无助、失去方向，感觉中像是神的安排、神的恩典，就接受了他的帮助……

之后，他拼命工作，一方面继续支持她，一方面要找回他的一桶金；而她拼命用功读书，想快点毕业赚钱……

一直到她遇到了志超，她心目中的白马王子，他俩很快便坠入爱河……她万万没料到其实成友早已爱上她才情不自禁地帮助她！

钱财可以还，可是感情怎么还？成友对她恩重如山，他们之间交往也有一段日子，可是对他，她就是没爱的感觉！她觉得自己应该对他公平、对他坦白，免得他对她的情感越陷越深、无法自拔！

她无心伤害他，可是她已伤害他至陪上了生命，她能无动于衷吗？她能心安理得吗？她能原谅自己吗？

她内心的痛比起已丧生的成友有过之而无不及！她几乎也痛不欲生！她甚至无法原谅自己！她问成友最好的朋友子

聪：

"失去我，成友真的很痛苦吗？"

"他自责很深，怪自己不自量力追求你；想离开你伤心地回国去，又曾立誓没赚够钱绝不回国！"

"其实，我和他尚未真正开始……"

"你接受了他的帮助，他以为你也接受了他的人！"

"你觉得他会是自杀吗？"

"以他向来安全第一的驾驶技术和习惯，你以为呢？"

"我……我……"

"最可怜的是他父母，花了那么多钱供他出国读书，却连儿子也失去了！这肯定是他们心里永远的痛！"

"也是我心里永远的痛！"

无论如何，悲剧皆因她而起……

她唯有天天祷告，求神赦免自己的罪……

巧手

"好勤快的姑娘！"

国荣几乎每天都见到她，每见到她都禁不住打从心底称赞她、欣赏她！

他不知道她叫什么名字，也没问她，她只不过是个在天天茶餐厅——他每天上班前吃早餐阅报的老地方开了个熟食档卖猪肉粉的姑娘。

她动作很快，也许生意特别好吧。她几乎没停过手，还一拐一拐地亲自把一碗碗热腾腾的粉送上。

她有一条腿很细很细，也不知是先天生成还是后天小儿麻痹症引起。她皮肤很白，人也相当美，就可惜……可惜……

可惜，天天茶餐厅因为东主年老退休又没子女接手，索性把店卖掉养老去了。从此，茶餐厅变作肉干店……从此，再也没见过她了！

天天茶餐厅收盘后，许多熟食档都陆续在附近找到档位重新营业，唯独不见她的踪影……

国荣也不知道为什么老记挂着她，担心她何以为生。是怜悯心吧，她那勤快的、一拐一拐的身影常常在他的脑海闪过……都已两年多了，还那么难以忘怀！无论到哪里吃东西，都自然而然地注意是否能发现她的档位。只为求个心安这么简单吗？他真的无法解释！

一天大清早，公司里的食家们就不约而同地到附近一家新开张的美食坊进餐，回到公司后都赞不绝口：

"阔别两年多，没料到那小妞竟能有如此成就，不由我们不刮目相看！"

"好吃好吃，真的很好吃！"

"她说这两年多她一直在香港工作及学习做点心，真是心慧手巧啊！"

"你们说的是谁呀？"国荣好奇地发问。

"美食坊主厨赛芬，以前在天天茶餐厅卖猪肉粉的阿芬呀！"

"阿芬？"他心跳加速，心想，"是她吗？"

"就是那跛脚的小妞呀！你记不起来了吗？"

他怎会记不起来？这漫长的近千个日子里，经常放不下的一个故人，竟有了消息而且是好消息！怎不叫他恨不得快点到午餐时间，好让自己亲眼去看个究竟！

同事们还在谈着赛芬的事：

"在香港住过一段日子，衣着举止都大大的不同了！"

"做了老板也真有型有款！只可惜……可惜那条腿还是……还是老样子！"

国荣更急着想看看她变成了怎样的一个人？是否已染上不该染上的香港人的气焰？有没有学会香港人的拼搏？但是，有一点可以肯定的是，她一定还是那么的勤快！

国荣步入美食坊，布置优雅加上柔和的音乐，给人分外舒适的感觉……这样看，主人一定是有气质、有生活品位的人！短短的两年多的时间，她竟能脱胎换骨至此，如何能令人置信？

"嘿！老朋友，你好，欢迎光临！送你一杯欢迎饮品，想吃什么请随便点。"如此亲切的招呼，与以前不爱说话的她，简直判若两人，时间环境果真会改变一个人！

看到她的改变，国荣不知为何会感动得牵动全身细胞……一面品尝美食点心，一面由衷地打从心底替她感到高兴……心里的牵挂全化作欣慰！从此，他几乎天天到美食坊捧场，她果真心慧手巧，所制作的点心样样细致且口感一级棒！

正如一本畅销杂志在一篇访问她的报道上所言：

赛芬一直认为每个人都有不同的专长，只要能好好地培养自己，自有过人之处。

赛芬不会因为自己的跛脚而自卑，她会以自己有一双巧手为荣。

赛芬说，到目前为止，影响她至深的三个人：一位是父代母职的父亲，用心把她教养成人；一位是教会她做点心的师傅；还有一位是很会讲故事激励人的老朋友……

"老朋友？老朋友？那天她不也叫我老朋友？"国荣好不震惊！

他想起来了！以往喝午茶的时刻，天天茶餐室老板娘的孙儿明明最喜欢缠住他要他讲故事，那段时间她刚收档，比较清闲，也常静静地待在一旁听故事……那时，他留了一些胡子，小明明就改口叫他老朋友……

原来，她心里也有他！

有了这一发现，满怀心事的他选择了美食坊接近休息的时刻去吃点心，为的是希望有机会与她多谈几句……

"老朋友，开业也有半个月了，今天才有机会坐下来与你叙叙旧，这餐我请客！"

"你改变了许多，同时更能干了！"

"你说过乌龟明知自己很笨重跑不快，也不怕人笑自己不自量力，毅然接受挑战，一步一步向着目标前进……你知道这些话对我影响有多深吗？"

"你所谓的老朋友就是我？"

"不是你还有谁？你没发觉无论我多忙，都会出来与你打招呼，送上一杯特别的饮品赠给特别的你吗？"

"可以再叫我一声老朋友吗？"

"老朋友！"

这亲昵的称呼令国荣心里甜丝丝的，同时拨动着他的心弦及全身每一根神经线……

种计

　　翠坪真不知道如何形容自己的心情！程安能升职，她是应该替他感到高兴的。因为他是自己的男朋友，谁不想自己的男朋友能出人头地？可是她……她真的未料到有一天自己的竞争对象竟会是自己的男朋友，又偏偏他的得意就是自己的失意！

　　比程安早入行、早两年进入公司广告宣传制作部的翠坪，一直以为自己表现杰出，应该有机会升职，可是却让后来居上的程安捷足先登了！

　　她能怎样？程安毕竟是自己的男朋友，虽然心里的不满是冲着公司上层对人选的偏差，可一点也不能爆发出来令自己的男朋友为难！她甚至有苦也不能向关系最亲密的男友倾诉……

　　当初，程安追求她时，唯一的障碍是年龄，她比程安年长三岁，他口口声声说爱情至上，加上两人是蒋老大的左右手，志同道合，相处融洽，而且互相仰慕对方的才华，近两年来终于由同事发展成为男女朋友关系！

谁也没料到，蒋老大才四十八岁就说要辞职随儿子移民美国。替补蒋老大制作总监职位的人选中，论经验、表现及进入公司的时间，翠坪无论如何都占优势！上层没有选择她，对她来说，花了整整七年时间的全神投入和努力而未能得到肯定，是最大的委屈……

作为一个有上进心、肯学肯拼的人，有什么比得不到肯定和赏识更难过？翠坪顿觉留在公司也没有什么意义和作为……其实，早一阵子外头已有两家同行业的公司想拉她跳槽。只是她觉得做生不如做熟，何况蒋老大也很用心指点她！

她左思量右思量，想起塞翁失马、焉知非福的典故，决定到外面闯一闯！处处为人设想的翠坪主意立定之后便暗中进行，因为一方面怕不成事，另一方面又怕程安为难，误以为是他升职闯的祸迫走了她心里不好过！

新工作有着落之后，她当然第一时间告诉自己心爱的人，程安非常震惊！没料到翠坪会以辞职作为抗议，一时万绪千愁涌上心头……觉得自己这祸首罪该万死！他觉得翠坪会有如此强烈和坚决的反应，意味着她所受到的伤害和冲击实在很大！

埋在程安心里多时内疚的地雷终于爆发了，且一发不可收拾……他甚至不能原谅自己这刽子手！他突然觉得连自己也很讨厌自己！他真想向她自首……又怕更伤她的心……翠坪做梦也想不到自己爱上的人竟是种计夺位的卑鄙小人吧？若她知道不心碎才怪……

忆起往事，程安深深懊悔……

也有一年多的时间了，程安还很清楚地记得也是他表舅的蒋老大的每一句话：

"我们是自家人，自家人当然帮自家人。别说我不预先告诉你。明年或最迟后年我将会向公司辞呈，公司方面一定会从你和翠坪之间提升一人，看来翠坪机会较高，除非……除非……"

"表舅有何高见？"

"你若还没有固定女友的话，何不考虑追求翠坪？其实翠坪是一个很好很能干的女孩子，表舅希望她也能成为自家人！"

"这与升职有何关系？"

"怎么没关系？只要在我离职前，同事们都公认你们是一对情侣的话，我就会向老总献计提升你，自然水到渠成！"

"水到渠成？"

"你还不明白？夫唱妇随嘛！只要公司重用你，也一定能留住你的另一半，不是吗？"

程安于是抱着姑且一试的心态与翠坪进一步交往。之前，他因为围在自己身边的女性朋友多得是，从来就没有一个固定的目标；如今目标既定，暂时收心养性，也不想伪情假意，试着说服自己翠坪是值得自己放弃整个森林的一棵树！

他徘徊在假意和真情间，然而日久不免生情，他不知不觉爱上了翠坪……没料到她却因为自己的不择手段而委屈以至心灵受到创伤，叫他良心怎过得去？正因为爱上她，他比她更痛苦……尽管如此，他心中的秘密也只能是永远埋在心里的秘密，否则她会因为输的不只是职位还输掉爱情而痛不欲生！甚至，他会永远失去她……

人事部经理接到翠坪的辞职信之后，立刻请示老总如何才能留住她，老总急得亲自召见她：

"奇怪，蒋老大明明告诉我说你和程安好事近了，升谁都没关系！有一天你当了他太太，你夫唱妇随或回到厨房去，永远是他身后的女人，仍可以助他一臂之力！"

"那简直是性别鄙视！"对老总的大男人主义，翠坪感到极度不满和遗憾，心想："看来，我离职是没选择错误！"

眼睁睁看着自己的女友被迫另谋高就，且还是自己一手造成的，程安除了难过外，顿然觉悟凡建筑在别人痛苦上的成就，或是不择手段千方百计夺取来的，因为没有经过一番公平热烈竞争而获得，到手后未必会开心，也不会有成就感！然而，不想发生的事已经发生，怎样也无法弥补，唯有设法善后……

痛定思痛，经过深谋远虑之后，他拿出一百巴仙的诚意对翠坪保证：

"你到别的公司发展也好，我们各自努力、各自精彩，然后我们共同创业如何？"

翠坪满意地笑了……

良缘

从市中心到李芸芸家，只不过两公里，可是芸芸觉得这路好漫长，她只听到自己的心脏在"扑通、扑通"地跳动：

"回家会这么紧张吗？应该兴奋才对呀！"

坐在驾驶座的锦聪感觉到她的不安，把左手伸过去握住她的双手：

"无论如何，我俩一条心、一起面对！只要我们坚定，一定会得到祝福的。"

芸芸点点头。

"别担心，时机已成熟，什么事都难不倒我们！如果你父母亲没问起，那我们就不提。"

"怎么可以不提？结婚得拿我俩的出生日期什么的去配，以便选出过大礼、迎亲等的吉时。"

终于到家了，李爸爸、李妈妈见到锦聪非常兴奋，怪女儿瞒了他们这么久，要谈婚嫁才把准女婿带回家见面。

可是，当他们知道锦聪比女儿小六岁时，他们很不乐观地看待女儿的婚姻，异口同声地对锦聪说：

"你将来一定会后悔的！"

"我爱芸芸，我一定会让芸芸幸福的。"

"现在看来没什么，可是当你们岁数越大差距就会越明显，尤其等女人生过孩子就更明显了！"

"伯父、伯母，你们别担心，我向你们保证，年龄不是问题，别人的眼光可以不在乎，最重要的是，我和芸芸有深厚的感情基础，感情是一生一世的呀！"

不论锦聪怎样保证，李爸爸、李妈妈就是不放心。老两口没有强烈地反对，但非常不认同，锦聪见老两口如此抗拒，唯有先离去再从长计议……

"芸芸，也许锦聪并不很认真，只是看你打政府工，有车有楼，条件优厚才看上你的。"李爸爸担心地劝说。

"女儿，要三思啊！"李妈妈也急了。

"爸、妈，请你们别如此看锦聪好吗？看似人家没钱买屋、买车？其实，他也很优秀，要不你们的女儿会看上他？"

"女儿，不听老人言，吃亏在眼前……"

"爸、妈，选对了我不嫁，我会后悔的。我相信自己的眼光，就因为这样，要我放弃如此良缘，我不甘心！"

"女人最怕嫁错郎呀！"老两口一再苦口婆心地劝说。

"好歹也是我自己选的。"

女儿如此固执，老两口也拿她没办法……

锦聪那边，也费了很多唇舌：

"爸、妈，我非芸芸不娶！"

"儿子，你如此优秀，何患无妻？"

"儿子，男子汉可以娶很年轻的妻子；女人年纪大了就更难找对象了！大你六岁，也实在太离谱了！"

"老婆、老婆，老一点有什么关系？"

"不登对呀！难生育呀！"

"爸、妈，娶妻最重要是贤惠！能娶到芸芸如此好的媳妇，是我们家的福气。我就看不惯时下一些女孩，浪费金钱在化妆上，虚荣，经常上美容院，进出高级餐厅，赶时髦，穿的用的全是名牌，不贵不买，挥霍无度……有多少女孩像芸芸那样省吃省穿供屋子、会为将来打算的？人品又好……"

芸芸和锦聪，不知费了多少唇舌，才换来家长们的祝福……大婚当日，一对新人，郎才女貌，不知羡煞多少人！

他俩排除万难才能在一起，彼此珍惜眼前人，怎会不长长久久？

婚后，他们育了二男一女，典型的幸福家庭。

他俩二十五周年银婚纪念时，三个儿女都已上了中学和大学……

两个人把排列如金字塔的酒杯倒满香槟后，台下祝福的掌声如雷贯耳……

"有谁看得出我们相差六岁？如果当日我俩打退堂鼓，今天再遇见对方，不后悔死才怪哩！"锦聪举起酒杯，深情地注视着爱人说。

"我看起来不像六十二岁吗？"芸芸也含情脉脉地举起酒杯。

"可年轻了，看起来五十不到！"

两人并肩走到台中央，在众亲友的见证下干杯庆祝……

王牌

秦晓雪决定了，从此她不再让手机在晚上充电，而是把充电器留在办公室的桌上，在上班时才让手机充电，以免每每忘记带手机上班。

她把充电器放在桌上最前端，就让刚买的当下最贵最新型的手机插在充电器上，时不时望望手机，就很有满足感，同事们也常抛来羡慕的目光。

她正在把玩着手机，刘经理推开房门走了进来，她把手机插回原处，向刘经理打招呼：

"刘经理早。"

"早，密丝秦，你右手边的抽屉里有一个黄色的厚厚的文件盒，请你拿出来。"

她依照吩咐拿出文件盒。

"打开看看，"刘经理说着绕过桌子走到她身旁，"看我送你什么礼物？"

她打开盒子一看，满脸通红，马上盖回去，连声叫骂：

　　"无耻！下流！快拿走！"

　　"这不是女人的最爱吗？送你礼物，不谢我还骂人？"

　　"变态！变态！"

　　"这可是市面上最贵最新款的。我想，你身材这么好，穿上一定很美，所以情不自禁买下来送你呀！"

　　晓雪气愤地指着门口，激动得说不出话……

　　"干吗如此生气？我只不过闹着玩看你有什么反应而已！"刘经理说着，像什么也没发生似的推开门离开了。

　　待他一走，晓雪拿起手机查看刚刚顺手一转并按下拍录钮所拍下的画面。画面上清清楚楚地显示文件盒内装着的性感内衣内裤……也录下刘经理那淫秽的嘴脸和话语……

　　有了这"王牌"，今后晓雪再也不怕受到刘经理的性骚扰了！甚至，还可以用来警告他、告发他……

　　她想了想，为了也帮助其他女同事们摆脱刘经理长期的性骚扰，毫不迟疑地拿着手机敲开了总经理的房门……

独居

　　自从林枫的室友秀雯和秀俪姐妹俩任职的公司在郊外建了新厂后，姐妹俩因为交通问题，无奈也搬迁到附近租房子，留下林枫单独一人居住。

　　这屋子是林枫四年前才跟屋主买下来的，她与秀雯和秀俪在同一所大学上课的时候就共同租下这屋子，一住就是九年。四年前因为屋主要移民，林枫对这已住了五年的屋子有了感情，且地位适中，便将哥哥卖掉已故父母乡下屋子所分给她的一些钱付了买屋子的首期，余额向银行贷款，把屋子买了下来。

　　秀雯与秀俪姐妹俩搬迁之后，林枫一时之间也未物色到合适的女伴来租房，唯有单独居住。每天下班回家，屋子少了人气，对着四面墙壁，多少有些不习惯。

　　一个人吃的饭怎样煮？当然是从外面买回来解决算了，一个人吃饭也不必坐在餐桌前用餐，往日三人围坐着用餐，有说有笑的情景不再，她独自捧着碗，一面吃一面看电视节目，总比对着空气吃饭好！

正吃着晚餐，林枫听到门铃声，开门一看，是刚搬来不久的邻家两兄弟，他们一人抱着一个大枕头站在门外，这两个大枕头是他们前两天过来借用的，说是家里来了远亲，枕头不够用。

门一开，兄弟俩抱着枕头进了门便坐了下来，开始闲聊起来，问她一个人住习不习惯，又问她要不要把空出来的房间租出去等。兄弟俩的问话与态度开始令林枫担心单身女郎独处的危机，满脑子闪过报章上一些令人担忧的字眼：

"五成奸杀案是熟人干的，因为认识才杀人灭口！"

林枫越想越恐惧，开始方寸大乱、坐立不安……心想，单身女郎独处的警惕心是应该的，管他是否小人之心度君子之腹，防人之心不可无，她灵机一动，趁转过身替他们冲三合一咖啡的时候，悄悄按了按手机显示家中电话号码的地方，家中的电话响起来了！

她走到电话机旁，拿起了电话，悄悄关上手机，对着对讲机提高声调说话：

"喂，没有忘记，我怎敢忘记你们的约会，邻家基姊的两个儿子正在我家，我和他们聊一聊就出门了，待会儿见！秀雯，告诉秀俪，我买了她最喜欢吃的鸡肉丝，她一定高兴死了！不讲了，秀雯，待会儿见，拜拜！"

放下电话，林枫才稍为松了一口气。听说林枫有约，兄弟俩也匆匆告辞。

既然说了有约，她当然要驾车出去兜兜风才能回家……她无目的地驾着车，一人驾车到太偏僻的地方不安全，她要把车驾到哪里去？汽车的冷气吹向她握着驾驶盘的手，她手好冷心也好冷！活到二十七岁，她第一次感到这么的无助和无奈……她感觉到孤独和不安全的可怕……世风日下，翻开报章，天天都有种种罪案发生，而且受害者多是女性、防不胜防……

她怎么办？往后的日子她该怎办？在家中也不安全，在路上也不安全，哪里才是最安全的地方？警察先生，救救无助的人吧！唉，又常听说有假警察造案！她很彷徨……很彷徨……

约会

　　"铃铃铃……"电话响了。

　　素菲刚踏出浴室，拿起电话分机正想回话，楼下的友仁已经接听电话：

　　"喂。"

　　"喂，是友仁吗？"

　　是个陌生女子的声音！素菲屏住气、心跳加速……

　　"是啊！"

　　"友仁，我是玉娇，我们明晚再到港口餐厅叙一叙好吗？"

　　"还有什么我可以帮你的？在电话里说也一样。"

　　"在电话里怎么谈？我……我很想见见你！再说，那地方能带给我们许多回忆……"

　　"那是很久以前的事了！现在的我和现在的你，已不是从前的我和你了！"

"友仁，我……我只是希望你可以像前两次一样，听我倾诉心事，然后给我意见！"

"那是你的家事！对不起，你们夫妻间的事，恕我外人帮不上忙！"

素菲松了口气！她听出友仁是在拒绝那叫玉娇的女人，那亚兰说的想迷惑友仁的女人。

那天，亚兰告诉她，一连两晚在她工作的港口餐厅见到友仁和同一女人在密谈，且一谈就是数小时！

亚兰的话，有如晴天霹雳……素菲心里慌失失的，不知如何是好！

亚兰献议她去找"真人"想办法。

说到"真人"，她和亚兰都很相信他。每年正月十五，她俩都在"真人"的神坛前替家人转运和作福。多年来，家人果然平安无事……

早一阵子，素菲听人说"真人"还会治病驱魔等……她于是学人查家宅，"真人"说她丈夫今年犯桃花，恐怕被女人缠身……叫她多加留意！

她于是追问防范之道，"真人"说先替她丈夫作个福以防小人侵犯。至于"桃花"要来避也避不了，待真有事时才兵来将挡，找他化解！

如今，果真有事！唯有第一时间找"真人"了。

"真人"给了她一沓神符，叫她把符放在屋子的前后门和每个角落并烧成灰；另外又给了她另一种颜色的神符，用以化作灰渗进饮料给他喝……

素菲照指示做足工夫，果真有效！看来丈夫还相当清醒……

她于是把她的发现告知"真人"。

"真人"屈指一算，脸色凝重、默不作声，表情很吓人！良久，才对素菲说出真相：

"糟了！那女人见迷不住你丈夫，倒转过来想对付你，想搞到你们夫妻不和，她才乘虚而入……你明白吗？她要对付的人是你！"

"那如何是好？你快救救我……"

"也只有我可以帮你！只要我把我体内的真气传给你，自能避邪！"

约定日期，她依约前往神坛，真人把她引进内室，给她喝了一杯水，两人面对面、掌心对掌心，就好像古代武侠片运气疗伤的情景一样……

她不疑有他，只觉全身有一股暖气在运作，迷迷糊糊地，她竟四肢乏力……她就这样被迷奸了！

事后，她哭哭啼啼……"真人"对她说，唯有如此他体内真气才能通过接触完全传入她体内，从此可百邪不侵……

素菲越想越不甘心，知道上当了，却又没有勇气揭发他……从此不敢再到神坛找"真人"！

没料到，有一天接到"真人"拨来的电话：

"你以为避开我就行吗？别忘了，我手上有你全家人的生辰八字，你若想让你家人相安无事，就乖乖来见我！"

受到威胁，她精神几乎崩溃、坐立不安、茶饭不思、度日如年……

她更害怕家人受到伤害！后悔把全家人的生辰八字给了"真人"，她真不知如何是好……

"我真该死！真该死！"

她每天除了自责还是自责……

"对！只有死才能解决问题……"她神志非常迷乱，"他要得到我，一个活生生的我；他绝对不会要死人……对！我死了，他就不能用伤害我家人来威胁我……对！我死了……家人便安全了……"

她终于自杀了……

可是，她又被救活了……

她躺在医院的病床上，任谁都问不出所以然……

她还想再找死！可是，家人都轮流守住她，不许她再轻生……

她很疲倦……她除了睡还是睡……

"睡吧！睡够了你就会觉得这世界有多美好！"友仁寸步不离地陪伴着她。

她其实是多么的幸福，为何终日疑神疑鬼？受制于神棍……

　　神棍！神棍！这两个字，大大的白纸黑字、清清楚楚地出现在她眼前……那正是友仁手上报纸上的标题：

　　"上的山多终遇虎，神棍遇上泼妇！"

　　"恶人自有人会收服他。"素菲读完报道松了一口气，"友仁，把窗帘拉开吧！我很想看看太阳。"

　　友仁欣喜万分。

男朋友

秀丽很喜欢他，喜欢他举止温文儒雅，喜欢他的彬彬有礼、英俊潇洒，尤其是他那又长又黑的眼睫毛，更是迷人！有男友若此，她觉得自己很幸福。

可是，家里每个人都反对，只因为他是外族人！

"他家里有钱又怎样？人品好又怎样？别忘了他是马来人，是个回教徒，可以娶四个老婆的！"妈妈第一个反对。

"我真的很爱他。"秀丽向家人表白。

"你想清楚，你要是嫁他，我们全与你脱离关系！"爸爸向来是说到做到的。

"爸，请您别为难我们！"

"你与我们二十多年的感情深，还是与他才两年的感情深？"

"怎么可以拿爱情跟亲情比较？"

"血浓于水啊，女儿！你绝对不能丢弃我们！"妈妈也急起来了，"你会后悔的！"

"妈，是你们要丢弃我！为什么就不能成全我们？"

这个问题无论怎样辩论都没有用，总是各持己见，无法解决……

"妹妹，你还年轻，大可以慢慢找对象，何必为了一棵树放弃整个森林？"大姐也劝她让步。

"妹妹，你千万别做傻事与家人闹翻！为了嫁人与娘家不和，等于自断后路。万一将来婚姻出了问题怎么办？"二姐也苦口婆心。

秀丽心里很乱，她也曾尝试另找一位护花使者，可是心里总是七上八下的，没有一个比得上他！她也分不清楚是先入为主还是这位如意郎君是百分百地适合自己？她无论怎样还是只喜欢他……

秀丽很享受爱情的浪漫，可是却爱得很苦！秀丽不舍得家人，她更不舍得他！于是拖着拖着……

姑娘十八一朵花，秀丽又是青春美丽人见人爱的可人儿，很多公子哥儿自然都围在她身边，选几位与她那异族男友比较更不是难事，她不管怎样还是觉得自己对他情有独钟！

虽然如此，秀丽还是很犹豫，一日复一日地拖着，希望能有一个圆满的解决方案和结局。

一天，她这异族男友又约了她见面：

"秀丽，你不觉得我们之间的感情好像在日渐淡薄吗？"

"何以见得？你也知道我家人反对我们，但我并没有动摇。"

"你其实是在乎的！"

"我……我没有！"

"你有！你爱我不够深，你才……"

"我……我……不是像你说的那样！"

"我们分手吧！"

"你有了新女朋友？"

"你不是也有了新男友？"

"我没有！"

"我们分手吧！"

"分手就分手！"

是天意要她快刀斩乱麻吧？

坚持得这么久这么苦的斗争，就这么一句话就结束了，秀丽的心很痛很痛……

那双眼

　　她心儿"扑通、扑通"地跳个不停……脸儿红扑扑热辣辣的……她又觉得有一双炽热的眼睛在暗中凝视自己……

　　这感觉越来越强烈，使她再也无法平静……

　　是吗？是吗？真有一个他在暗恋自己吗？他……他是谁？汉明吗？那钻石王老五，条件那么好，女朋友一大堆，绝不可能！小王？如此精明好动，怎会暗恋人！约翰？费力？老李？都是有家室的人了……难道，难道是志坚？他才失恋多久，不可能这么快……或是那很容易脸红的小安？他还那么年轻，怎么会喜欢年纪比自己大的女人？

　　她方寸大乱。那双眼，不在熟人堆里吧？于是，她渐渐扩大注意范围……她用她那含情脉脉的眼去寻觅那双眼……才觉醒原来自己的生活圈子是那么的小！除了工作单位，她能留意的只是同一座大厦进进出出的其他公司的人士，或者是住家附近的邻居们……

那双眼……那双眼躲在哪里？真高深莫测啊……

那封没署名的情书，算是情书吧？写得多么浪漫……来得那么突然……她读了一遍又一遍，爱情真可令人那么的陶醉吗？她不由痴痴地笑，那令她脸儿红心儿跳的字眼又一个一个跳跃起来：

你知道吗？你感觉到了吗？有一双眼一直在追随着你，你永远是这双眼的焦点！这双眼见到你神采飞扬，会随着发出兴奋的光芒；见你失意惆怅，也会跟着黯然神伤；见你惊惶失措，就会失魂落魄……

你怎会知道、怎会感觉到呢？因为这双眼一直只能默默地、暗地里祝福你、关怀你……是多么的无奈、多么的无所适从、多么的彷徨……但愿有勇气与你四目相投，然后你从我的眼神里体会到我对你的爱和仰慕有多深，给我力量和勇气向你表白、向你示爱……

信的下款写着：暗恋你的人上。

她一次又一次地重温字里行间的浪漫，有如热恋中人，开始为那双眼注重自己的仪表谈吐；并开始盼望、渴望能有一段刻骨铭心、一段轰轰烈烈的热恋，才不枉此生！

在这之前，她心里只有工作、工作；目标是升职、升职；做主任、做经理……认为女性也一样能有大作为！她关注工作进度比任何事都重要，包括情情爱爱的事；她无暇留意身边的男士们，也不曾认真看待对自己有意的异性的追求，不曾想过给人一个机会也就是给自己一个机会！

恋爱？想是想过，憧憬是曾憧憬过，只是并不积极！情情爱爱这码子事对她来说，好像离自己很远很远……当然，偶尔也会羡慕情投意合、成双成对的情侣，不禁感怀自己年纪已过三十五，也就逐渐认命了！认为一切随缘也好，其实单身也是一种选择……

一向心如止水的她，此刻正陶醉在被暗恋的意境中，忽又收到另一封内容一模一样，字迹却全然不同的暗恋者的信……正感到万般惊愕、目瞪口呆之际，发现除了信还多附上一张字条写着："请你读完这暗恋者的情书后，也如法炮制抄写二十份相同的情书给你认识的未婚朋友们，其中十五封不必附上字条说明游戏规则，好让收信人感悟被爱的浪漫滋味……另五封则必须附上字条，好让收信人替我们再循环……记住，别让游戏停止！你若不遵照指示完成任务，你将会孤独一生……"

她恍然大悟，有被作弄的感觉，望着手中的信啼笑皆非……可是……可是那渴望被爱的感觉却还是那么深刻和炽热……或者……或者真有一双眼一直在留意自己？这些日子，她不断留意身边的异性朋友，觉得其实还有不少条件不错的绅士对自己有好感，觉得自己还蛮有魅力哩！

她要继续让自己的魅力散发出去，她要继续寻觅那一双眼并扩大生活圈子！说不定，有一位异性朋友也收到同样的信，给自己的心注入活水，也开始留意身边的人和那一双眼……那么……那么……不想了……不想了！她又脸红脸热心跳了！

笨女孩

　　爱美坊是市内数一数二的高级美发美容院，几乎每一位社会名媛、新娘子、美女们，都是爱美坊的长期顾客。

　　兰兰陪秀冰上爱美坊妆扮，看看哪一款妆容和发型较适合婚礼、摄影和晚宴……见秀冰经过打扮后美艳照人，一脸幸福，魅力无法挡，兰兰由衷地祝福她找到如意郎君，终于可以披上婚纱。

　　近年来，同学们一个个嫁人，尚未嫁的也多数都有了男朋友，对兰兰来说，多少有些压力，她心里很不是滋味……尤其是见到坐在另一个角落的一对非常匹配的年轻伴侣，那么目中无人地卿卿我我……她更有点吃不消！

　　当轮到女孩洗头的时刻，那男的亲自替她除去名贵的外套，痴痴的、欣赏的眼光一直都没离开过她那洁白、细嫩的皮肤……女孩化妆的时候，男的把椅子拉近，在她耳边不停地甜言蜜语，逗得女孩非常高兴，陶醉在男友的柔情蜜意中……

待女孩站起来之后，男的嘱她转了两三圈、摆了几个姿势，咔嚓、咔嚓地替她拍了照，两人才相拥着离去……连准新娘秀冰也羡慕地对兰兰说：

"比起那男孩，我那真命天子可还差得远哩！"

"你别那么不知足好不好？"

"说说罢了！他若不好，我才不嫁他哩！他不够浪漫，却贵在够诚意。"

秀冰试妆完毕，两人在附近一家小食专卖店用餐。刚坐下，但见方才那男孩一手夹着一根香烟、一手拿着女孩那件耀眼的外套，倚在对面公寓五脚基的柱子旁……那女孩与另一粗眉大眼、长得很健壮的粗汉子正一块儿踏出楼梯口。

不久，那粗汉子把一些钱塞入男孩的衣袋里，男孩替女孩套上外套，理一理她松乱的秀发，两人若无其事地亲密地依偎在一起，陶醉在好像只有他俩的世界里……

望着渐渐远去的背影，兰兰和秀冰二人，相对感叹不已……

次日，兰兰从报上读到一则有关数名失踪少女的新闻，并从四张失踪少女的相片中认出其中一位好像是昨日在爱美坊遇上的女孩，忙叫秀冰也来认人。

"秀冰，你也来认认看这是不是我们昨日遇见的俏女郎？"

"正是！原来是被姑爷仔拐骗去干那行业的！"

"我们要不要去给发布寻人消息的公共投诉局提供情报？"

"你知道架步在哪里？"

"知道他们出入的地方也是一个重要线索吧？"

于是，兰兰很热忱地拨了个电话给公共投诉局。电话另一端传来令她非常震惊的话：

"谢谢你提供的资料，我们会告诉她家人和警方。她刚刚才拨电话来，说很满意她情人给她安排的工作，叫我们别阻止她赚钱！"

"有这样的事？真难以置信！"兰兰几乎不敢相信自己的耳朵。

秀冰知道真相后，也唯有随着叹息……

机不可失

　　眼见身边的女同事个个都已有了护花使者，经常出双入对的，唯独自己还小姑独处，瑶玲心里未免有些焦虑。

　　"你呀！就是太独立了！进进出出自己驾车，绅士们哪里有借口约会你？要不然，就是一脸冷若冰霜的表情，谁敢碰钉子？不要说老朋友不提醒你，你得改变改变你的生活方式和态度！"瑶玲的好友明珠总爱唠唠叨叨地提醒她。

　　那天，她的车被人撞坏了，需要进厂修理一段日子。

　　没驾车上班也有好几天了，也不见有男同事邀请她坐顺风车，她心里闷闷塞塞的：

　　"对男士来说，我一定是没有吸引力，我真失败！"

　　这日，下了一整天的长命雨……

　　"下雨天，怎样回去？"下班前，她一脸担忧地望向窗外。

　　"你男朋友不来接你下班吗？"坐在她后面的俊明问道。

"什么？"

"你的车进厂修理，是时候男朋友该亮相当司机了吧？"

"是谁说我有男朋友了？"

"他们都说常见你与你那英俊男友在城中城休闲中心运动！"

"他们没说我们很相像吗？"

"是啊，他们说你们有夫妻相！"

"什么夫妻相？简直是天大的笑话！他是我的孪生哥哥！"

"孪生的？"

"小时候长得更相像，长大后就没那样像了。"

"孪生的感情会特别好吧？要不也不会常常一起运动了。"

"我们就住在城中城附近，当然天天结伴做运动！什么男朋友？是谁在乱讲？见到我们上前打个招呼，不就真相大白了！"

对这么一个误会，瑶玲真是啼笑皆非，她心里冷了半截……无怪男士止步！

"瑶玲，别担心，下班时还下雨的话，我可以载你回家。"俊明悄悄打蛇随棍上。

真相大白，加上那一场长命雨，终于给她制造了机会。

车驶到了她家附近，雨还未停。刚好道路被倒下的树挡住了，暂不能通车。

"没带伞？"

"没带。你在附近一家餐馆放下我，我吃点小食，雨停后再步行回家。"

"你不提起餐馆我倒还不觉得饿！我们先找一个好地方一起用餐如何？"

"你做主吧！"

铃铃铃……铃铃铃……瑶玲手提袋里的手提电话响起来了……

"喂……哥，我有朋友载我回家，你别担心。"

她把手提电话放回手提袋，马上红透了脸，一脸发热……因为手提袋里一把可折成三段的伞很清楚地完全曝光了！

俊明假装看不见，目不斜视、一脸正经地看着前面的路……

缘来是你

　　燕萍被好友仙蒂拉去参加一个专为未婚男女而设的"池畔丘比特欢聚会"。

　　她感到很不自在很难为情……

　　"彼此心照不宣，都是来找对象的，有什么好害羞？"

　　听仙蒂那么一说，燕萍也就如释重负，开始投入到主持人所带动的活动中。

　　"来到这里，我希望人人都暂时放下自己的身段，投入到每一项活动中！开怀互动！"

　　在主持人的穿针引线下，参与者都有机会认识新朋友……

　　一直以来，燕萍很享受自己全无压力的单身生活。也不知道她为何会本能地逃避爱情。在中学时期，有一位叫浩天的男生，一直像大哥哥般无微不至地照顾她。那时，她单纯得不知爱情的火花已悄悄地在浩天的心田成长。毕业后，他们还是很好的朋友，直到燕萍的一位男同事振宁向她展开追求攻势时，浩天才紧张起来，几乎天天到访。

她心如鹿撞，说什么也不能接受浩天为男朋友，何况他比自己矮了半个头，人又黑黑实实有些土，她身不由己地拒绝他一切的约会，甚至当着振宁的面拒绝他……

当时，浩天误以为她喜欢上了振宁，觉得自己的条件也确实与振宁差得太远，不想不自量力、自讨没趣，毅然把情丝拔起，远走他乡半工半读深造去了……

浩天之后，除了振宁，还有不少绅士追求燕萍，她无意比较，可是却一再想到浩天的好、浩天无微不至的关爱……她认定自己对他不是爱情而是至深的感情；她内心深处盼望能找到一位有浩天那么好那么踏实，但却长得高大英俊、潇洒的如意郎君，否则宁愿不嫁人！

独身不是她的选择，但爱情不来叩门，她也无可奈何！她这才感觉到择偶确实不容易……

她说不出自己是怀着怎样的心情来出席这"池畔丘比特欢聚会"的。感觉名称很罗曼蒂克？或是，说不定、说不定会有侥幸……

他们尽情玩游戏、跳舞、抽奖、自由用餐、交谈、抛绣球……就是遇不到对象，也绝对值回票价！

几乎接近尾声的时刻，忽然四目交投，异口同声地惊呼：

"你还没找到对象吗？"多么笨的问话！要是已婚岂能参加聚会？因为参加者必须在报名的同时向宣誓官宣誓现阶段是单身。

"怎么这么巧？"燕萍的心跳动得很厉害，面红耳赤的……

七八年没见过面，不免有些生疏，话不知从何说起也很难投机，交换是交换过名片，可是却没定下下次约会……

环视全场，虽然淑女比绅士多，但条件好的绅士还是有的！燕萍再偷偷望望浩天，但见他满面春风地周旋在众多女孩之间，不亦乐乎……

太突然了！真的是太突然了！燕萍带着怏怏不乐的心情回到家里，越想越觉得委屈……

"死人头浩天！你那傻乎乎、黑黝黝的死相！有意无意地纠缠了我这么久，如今见了面，又不理不睬……"

她翻来覆去，怎么也睡不着，满脑袋都是他的面容和身影……

"今晚的聚会，他有没有看上谁呢？"她开始有些不放心、患得患失，"妒忌了吗？我有资格妒忌吗？"

一夜未睡好，燕萍感觉头沉重欲生病似的……

正想拨个电话给仙蒂推了下午的约会，没料到电话就响起来了：

"喂，仙蒂，我——"

"燕萍！是我，浩天！"

　　"原来是你！"

　　她感觉头不再重了！口中说的是"原来是你"；心里、脑里却出现会起舞的"缘来是你"！

爱的路上

认识欧利天三年，做了他女朋友也有两年，一直以来唐迷迷觉得他对自己很专情，最近却像是情到浓时无缘无故变了天……

他……他怎么可以这样？什么时候开始的？范丽娟又是自己情同姐妹的好朋友，他们……他们……竟互生情愫了！

当他们三人在一起的时候，利天和丽娟越来越投机，无所不谈，甚至被冷落的常常是自己……外人看来，他俩整天抬杠就像是一对打情骂俏的情侣，她心里很不舒服，有想哭的感觉……

迷迷与利天约会的时候，谈着谈着他不知怎么自然就会把话题转到有关丽娟的种种……女人的敏感使她害怕起来！

真不可思议啊！迷迷发觉利天竟常常不与自己约定就径自上门来。他知道就算自己不在也有丽娟在吧？这是无法避免的事，她能怎样？搬家可以避免吗？恐怕……恐怕……他果真对丽娟有意，一样可以找上门去！自己怎么可以做个眼不见为净的鸵鸟？

迷迷慌失失的，像被乱麻缠身，又不敢快刀斩乱麻，她恐怕闹开了对自己更不利，因为一旦闹翻了，彼此就更无所顾忌……

开始以为利天是一厢情愿对丽娟有意，然而丽娟却被她自己的眼神和常常容易被牵动的情绪出卖了！

"他们之间有秘密！"迷迷察觉到有些不对劲，但又能怎样？情感出了问题，一哭二闹三上吊解决不了问题。事到如今，除了争取还是争取！她对自己说，爱的路上就好像参加马拉松赛一样，谁敢担保自己能一路领先，不给人后来居上？谁说半途出了意外受了伤就不能继续路程勇往直前，直到决定胜负的终点为止！

她不知道三角恋怎会发生在自己身上？好朋友有共同爱好也包括爱上同一个人吗？丽娟明知利天是她的男朋友，还要夺她所爱，怎么说都是不对！但对又怎样？不对又怎样？何况，很多时候根本就没有绝对的对和绝对的不对，情感本来就是不容易控制的事！夫妻之间尚有违背婚姻道德或缺乏定力去搞婚外情的……

她怕是怕利天一脚踏两船，搞不好两船都同时翻了过来，恐怕三人都会溺毙！二女一男，利天才是关键人物，而她……这是唯一自己不能决定的事，除非她愿意退出；而她却又那么地爱利天，没到冲线终点绝不罢休！无奈先做好最坏的打算……

她不断告诉自己：若发生不如意事，你看得开也好，看不开也好，寻死或活下去都一样，事情发生了就是发生了，不能像看录影带一般可以打回头！打回头又怎样？时光倒转又怎样？事实就是事实，改变不了就是改变不了……

她也告诉自己，感情的事没有谁对谁错谁先谁后的！横刀夺爱？爱是双方面的，如果一方面一厢情愿，另一方面无动于衷，如何能擦出爱的火花？

她对自己说，跑到终点就算！赢了固然好；输了就是输了，千万别背着感情包袱，不断地折磨自己也折磨别人！应该学习运动员的精神，要能放得下……

迷迷正想得人神，利天不知何时来到自己身后，从后面把她抱起：

"同事们都走光了，你还不走？"

"你不是说约了人吗？怎么会来接我？"

"是约了人，但那人也想让你一起去吃饭！"

"谁约了我们？"

"丽娟。"

"什么？"她像被判了死刑般绝望，心想他们终于要摊牌了！

"迷迷，有一件事我和丽娟一直瞒着你！"

"你们……你们……"

　　"数月前，我介绍了我那留在美国工作数年刚回国创业的同学国柱给丽娟认识。"

　　"怎么没听你说过？"

　　"我那同学太优秀了，你也太优秀了！我们担心……"

　　"我有你就万事足了！"

　　"我也是！"

　　他俩于是欢欢喜喜地去赴另一对情侣的晚餐约会。

灯光蝶影

　　在一代影后丁敏的追忆晚会上，个个受邀上台客串的嘉宾、个个受邀演唱影后生前名曲的歌星，都非常卖力地演出，有的更费尽心思、刻意打扮搏出位，希望能成为影后丁敏第二。

　　没料到演出当晚，当节目一个接一个如火如荼进行的时刻，不知谁歇斯底里地高喊：

　　"影后丁敏化成蝴蝶，回来看我们了！"

　　"是呀！影后丁敏最喜欢热闹了！"

　　但见一只五彩蝴蝶一会儿满场飞，一会儿停在台上背景板上，很是出位！因为，灯光追随着蝶影满场飞……

　　影后的粉丝们都雀跃万分！观众们也都很兴奋！当然，也有人因为不能出位而大失所望……

　　影后就是影后，是独一无二的！是无人可以取代的……

　　"是的，她是无人可取代的！"儒文黯然神伤，心里隐隐作痛，但愿自己也化成蝶随她而去……人总是那样，不懂得珍惜眼前所有，失去方知后悔！

儒文和丁敏原是多年的同班同学，毕业后又一道在影艺圈发展。儒文的运气没有丁敏好，因为当时有好几位当红小生甚受欢迎，是卖座的保障，儒文演得再好，也只能演配角；然而丁敏却时来运到，入行不久，就被公认为是很有潜能的新人，刚巧有一位当红女星跳槽到另一家影艺公司，于是丁敏有机会在一套双女主角的影片中挑大梁，竟一鸣惊人，从此被公司捧为天后。

台下，儒文和丁敏是一对金童玉女；可是台上，导演用了原本就很有名气的柯俊与丁敏配成金童玉女，这一组合每一部片子都很卖座，柯俊与丁敏因而红极一时，大受欢迎。由于这对影坛上的金童玉女太深入民心，代理人不允许现实生活中的金童玉女儒文和丁敏公开恋情，只能有地下情！

这真是个爱情大考验！偏偏儒文自卑心重，醋味重，加上因事业不顺心人很失落，种种情绪在心中沸腾，变得情绪化、患得患失、心理不平衡、多疑乱发脾气，甚至无理取闹、百般挑剔……丁敏身不由己接戏接得过于频繁，儒文也不谅解，两人见面少、猜疑多……两人距离越来越远，误会越来越多、越来越深，又不甘心分手，剪不断、理还乱……

而儒文在事业最低潮人最失落的时候改行当了水手，从此过着离乡背井、漂泊的日子，一对有情人因为情感不够坚定、受不起考验而分手！之后，两人都没有另找对象及谈婚论嫁，是那段情感太深放不下，还是受过伤不敢再尝试另一段情感？则不得而知！

丁敏虽很有名气，可是生活太忙碌，休息不够，没有爱情的滋润，烦恼一箩筐无处诉……也不知道什么时候开始，她竟患上了忧郁症，断送了大好前程，被迫休息！可是，她就是不甘心，她就是郁郁寡欢……没有人想到她会自杀！是意乱情迷钻进牛角尖，是忍受不了情感的熬煎、忧郁症的缘故，还是其他原因？始终是个谜！

儒文情愿彼此未相爱过、情愿没有入错行……后悔不懂得珍惜情感与体谅对方，导致各持己见而落得阴阳相隔、悲剧收场！

儒文真希望岁月能像录影带，可以打回头重新开始……

恋爱对象

从外地出差回来，媚兰可多获一天的休息日。其实，在旅途中，媚兰早已睡足了！所以，她问侄女嘉怡：

"嘉怡，可以休假一日，陪我到一个地方好吗？"

"去哪？"

"你先别管！总之，不会让你失望。"

嘉怡算了算，自己还有十天年假，也没打算出国旅行，就答应了姑姑的邀请。

前几天，在出差的旅途中，媚兰左思量右思量，这些年经她撮合的婚姻，最少也有十多宗。

虽说，不做媒人三代好。然而，眼见身边不少好男好女，因错过姻缘而独身，实在可惜！有些，甚至从未开始，也许对婚姻没兴趣；也许自视过高或对另一半的期许过高；又或，不相信婚姻……

更严重的是，一些人一朝被蛇咬，十年怕井绳，无胆再入情关！

这一切一切看在眼里，媚兰就是不牵红线不快！

眼见自己的侄女嘉怡已到了适婚之龄，身边虽然也有不少男女朋友，终日嘻嘻哈哈地玩乐，可是较谈得来的，也只有几个女孩子，未交男友！媚兰未免开始替她留意较符合条件的青年才俊……

在一个刻意安排的时机，媚兰约了侄女嘉怡出外吃饭，又同时刻意邀请了自己工作机构的一名年轻的法律顾问柯少杰吃饭见面，假公济私地介绍他俩认识。

媚兰还特别用心良苦地安排他俩在不同的场合"相遇"……为的是给他们制造更多的见面机会！老天不负苦心人，他俩总算看对了眼开始交往了！可是，也有一些时日了，就不见有更进一步的进展，未免太可惜……看来，非想法拉近他俩的距离不可！

嘉怡果然向公司请了事假陪媚兰，却给姑姑带了去法院听审，还以为姑姑或朋友出了什么事，非要在法庭了断！

坐定之后，发现原来是看少杰审案。

在法庭上的少杰与现实生活中的少杰，简直判若两人！

他临场的镇定与聪慧灵活的词语，还有那自信的滔滔不绝的辩才更令人刮目相看，他据理力争地锋利结案呈词，不管案子输赢，已字字清清楚楚地留在嘉怡的印象里……

"太精彩了！真是太精彩了！"嘉怡仿佛看到古代包青

天再生、包青天的尚方宝剑……

嘉怡不断地给少杰加分、加分……少杰在法庭上炯炯发光的眼神与平日温柔的眼神，才是少杰的全部，他确实是出色的青年才俊！

再见少杰的时候，嘉怡充满兴趣地问起少杰过去审过的一些案子，听得津津有味：

"某些细节也许会成为我他日的创作题材，我对人性的丑恶及扭曲的人性相当有研究心得，这些心得也往往出现在我写的小说中！"

听嘉怡这么一说，少杰很想读一读嘉怡的作品！上了嘉怡的文学博客，拜读之下，他开始一步一步地走入她灵性的世界，发觉她有一颗美丽的心灵……活泼的、幽默的、风趣的、细腻的、理性的、灵性的，变幻无穷……

发觉了彼此的内心世界，"人性"是他俩经常探讨的课题，他俩也因此有了不少共识，恋情一日千里……看来，媚兰大可以功成身退了！

幸福在望

贝贝的一些密友都患上婚前忧郁症，尤其害怕婆媳关系搞不好，影响美满婚姻……

贝贝的好友秀秀的结论是：相见欢，同住难！

贝贝与男友修强认识两年有余，经常由修强接接送送，还未正式见过男方家长。贝贝租了间两房一厅的公寓，室友是空中小姐，常常出差，修强喜欢贝贝住宅清雅的布置和宁静，两人若不外出，就想待在小屋里，喝茶聊天。

"贝贝，今年我的生日刚巧落在星期天，我妈会为我做几道我最喜爱吃的小菜，我请你到我家做客可好？"

"算是见家长吧？大概是老人家的意思！"受到邀请，贝贝心里很紧张。

抱着"丑媳妇终需见家翁"的心态，贝贝应允赴会，心想：如果能在谈婚论嫁前培养好感情，总比日后相处诸多摩擦好……

老人家难相处吗？会给人脸色看吗？思想开通吗？给老人家买什么见面礼比较得体？一连串的问号天天困扰着贝贝，她整日战战兢兢的！

她提醒自己千万别先入为主地给老太太定型，想象中的不友善，也许就会令自己微微产生一层保护自己的敌意，不够自然大方；想象中的和蔼，也许到时又会大失所望……

"什么人没见过？且相信缘分吧！"贝贝想，父母是没得选择的，自己既然喜欢上修强，就得爱屋及乌！无论如何，要把关系搞好，免得修强做夹心人！

主意既定，贝贝未见过老太太和修强的弟妹们，她想以友善真诚来打动他们，远比虚假的送礼讨好来得合适。她对修强说：

"叫你妈别订生日蛋糕，我亲自给你做！还有，我会为你的家人做些点心及饭后甜品带去，当作见面礼如何？"

修强万分欣喜，觉得贝贝确实大方得体与智慧并重，看来她一定可以融入自己的小康之家无疑！

"这样会不会显得太小气？"贝贝又开始有些担忧……

"放心吧，我家人一定都欢迎你！他们一定相信我的眼光和选择！"

修强度过了一个有生以来最愉快的生日，因为有母亲和弟妹们的祝福、有女友的分享……那本来就很温馨的家，显得更温暖和温情洋溢……有慈母的叮咛、女友的柔情、弟妹的敬爱……

修强自幼丧父，年幼时母亲是家里的支柱，对子女慈爱有加。修强年长后，他就是一家之主，长兄为父，弟妹们对哥哥都言听计从，看来他家人都能接受贝贝。

"你妈对我的印象如何？"贝贝担心地问。

"赞不绝口！"

"真的？"

"对你的点心……"

贝贝有些失望……

"别急，我还未说完，我是说对点心和人都赞不绝口！我妈说，你做的点心与她做的菜肴搭配得天衣无缝，我妹还想跟你学做点心哩！"

贝贝高兴之余，心里盘算着如何能进一步把关系搞好……

她的一些友伴，大多都希望婚后能自组小家庭。贝贝则刚刚相反，她没有兄弟姐妹，十岁就成为孤儿，父母双双在一宗交通意外中丧生，从此她过着寄人篱下的生活，靠父母的保险金修完大学，有一份很好的职业，她渴望能嫁到好人家，她羡慕修强有个温暖的家，她渴望成为他家庭的一分子……

贝贝希望有朝一日修强的妈就像是自己的妈，修强的弟妹就像自己的弟妹般亲，更希望老太太能接纳她，把她当女儿看待……

悬崖勒马

美雅今晚肯定又失眠！是第三晚了，她已经一连失眠两晚！

"奉劝一句，叫你朋友悬崖勒马吧！"美雅最尊敬的老板娘这一句话，一直在她脑海里转啊转的……

她其实是明知山有虎，偏向虎山行。为了她深爱的男人柯金明，她愿意，她愿意冒这个险！

她假装是她朋友的烦恼，请教她老板娘，看老板娘有什么意见。

"男女都一样，都应该尊重婚姻，已婚就没有资格想入非非；你朋友有的是青春，有本钱慢慢挑对象，何苦做第三者自寻烦恼？"

听了老板娘的忠告，她更烦恼……剪不断，理还乱……

"我朋友很爱他，她其实不是想破坏他家庭，她只是……"

"叫你朋友别傻了！正常的爱情是全神投入的，两人在一起久了，就会想一百巴仙的拥有对方，千方百计得到他、占有他！"

其实，美雅不是替朋友问老板娘的，那个爱上有妇之夫的是她本人！她确实是自寻烦恼爱上她的上司柯经理！

才上班不久，美雅就已发觉老板娘想撮合她与高主任。然而，她觉得那高主任人太木讷，难怪三十五岁还没有女朋友。起初的几次约会都是由老板娘安排，后来他总是在不太适当的时间约她，美雅总觉得他太小心翼翼，人又怕羞，一点也不主动，一点也不风趣……

柯经理则刚刚相反，他很留意她，总在适当的时候赞她几句，美雅对他非常有好感！在美雅眼中，他是多么的有风度、言谈举止温文有礼、办事精明能干……散发着成熟男士的魅力！

相比之下，美雅自然倾向柯金明。

不可否认，美雅确实是美女一名，同事们都默认她是公司员工中最美丽动人的。

柯金明和许美雅是什么时候走在一起的？他们是什么时候开始约会、不动声色地在一起有多久了？没有人知道！

当美雅问老板娘的时候，老板娘其实猜到她肯定开始徘徊不定了！较早时，老板娘就听说了，她是听一名客户兼好友讲起，不止一次见过他俩走在一起散步、看戏、吃饭……

起初，美雅很不服气地问老板娘：

"那男的对我朋友说，他对他老婆早已没感情了……"

"有孩子了吗？"

"两个男孩。"

"都有两个儿子了，还说没有感情？结婚多年，感情说变就变？还不是贪新厌旧？难保他以后就不会再变心！"

她感觉老板娘一棒一棒打过来，且棒棒中要害……

"他说，如果他有机会自己创业，我朋友在事业上可以帮到他。"

"他也许只是想利用你朋友。"

"我朋友愿意与他同甘共苦。"

"别忘了，就算离婚了，他还有两个儿子，以后他遗产多分两份，值得你朋友跟他一起拼事业吗？"

美雅沉默了一阵子，望着老板娘。

"可他们已经爱得很深了……"

"长痛不如短痛，我还是那句话：奉劝一句，'悬崖勒马'吧！"

答案已经出来了。为此，美雅夜夜失眠……

她不知道，失眠后、短痛后，要多久才能复原？

爱的礼物

祥祥刚领到年底花红，手痒痒的，走进金店买下早些时候看中的一对手镯，摸摸袋子里的手镯，很得意地自言自语："每人一份，够公平了吧？"

虽然妻子桂香还不知道他在外面养了个青春美丽又温柔体贴的情妇美艳，但是桂香在他心中还存有一定的地位，她毕竟是孩子们的母亲。如此，才会减少他心里的内疚感！

驾着车的方向盘，自然摆向他用以金屋藏娇的方向。停下车，他三步并作两步地奔到他和美艳的爱巢，把美艳拥在怀里，故作神秘地对她说："快闭上眼睛，我有一份爱的礼物要送给你！"

美艳小鸟依人地闭上双眼，见他替她戴上金镯子，像戏中女主角般做了个很夸张的惊喜表情，然后抱着他的脸吻了又吻，在这温柔乡里，他有很大很大的满足感……

这夜，不必说一定会留在温柔乡里度过春宵了。他只要用手机拨个电话回家，说在处坡看工赶不及回家，交代一句便可，桂香是绝对信任他的。

第二天晚上回到家里，祥祥对着桂香怎样也浪漫不起来。他从裤袋里拿出装着金镯子的礼盒正正经经递给她说：

"老婆，送你一样东西。"

"为什么好端端送我东西？"

"送东西给老婆还要有理由吗？谢谢你给我生了四个儿子可以吧？"他嘴里如此说，心里可骂道，"一点情趣也没有！"

"买金镯子给我干吗？现今社会很多攫夺案，不是出席宴会也不敢拿出来戴，多存点钱给儿子们念大学更好！"

"就知道你会这么说。"知妻莫若夫。

"以后不要乱花钱了！"

"知道啦！"他心里很不爽快，送人礼物还被骂！

他洗澡后，便躺在床上闭目养神。但见桂香洗澡后，久久还未睡，他奇怪她到底在做什么，睁眼一看，原来她手中拿着金镯子在手腕上比来比去，爱不释手！

见桂香喜欢金镯子，祥祥总算有点欣慰……

一天，祥祥经过一间金铺，见到金铺内坐着一个女人，背影像极了美艳……

他走上前去，果然距离越靠近看得越清楚，正想从后面抱住她，给她一个惊喜，中途却闪出一个高大健壮的大个子，从她后面勾搭过去说：

"亲爱的，问了没有？可以换多少钱？"

祥祥实在忍无可忍，揪起那男人的衣领，挥起拳头一拳打过去！

那女的转过身，一脸惊愕，手中正握着他送给她的金镯子……

难得有情郎

最近，严礼兰天天春风满面，有了爱情的滋润的确不同！

人说姑娘十八一朵花，她呀，二十八才觉得自己像一朵花，开始了所谓的初恋，招惹她平静心湖的不是一颗爱情魔石而是两颗……

两颗爱情魔石同时投进她的心湖，爱情的涟漪相互冲击，她开始感觉到有很大的压力迫使她非作出抉择不可，拖下去让任何一人受到心灵的伤害，她都于心不忍！到目前为止，她都很爱很爱他们……

她也知道，爱情最忌脚踏两只船！她若再犹豫，必会失去重心……对在她心目中都占九十九分的两位追求者沈俊南和欧阳学友都很不公平。

礼兰于是向她那已婚的大姐礼仪讨教：

"姐，我听人说爱不爱一个人是凭感觉来决定的，可是我和他们在一起感觉都很陶醉……"

"事不宜迟，你得尽快把他俩比一比、称一称了！"礼仪劝导说。

"姐，您不是时常挂在嘴边说人比人气死人吗？"

"我是说丈夫不能比，丈夫无论如何也是自己选定了的对象，绝对是独一无二的。男朋友就不同，一定要仔细用心地选！"

"怎样选？"

"分几个回合来选。"

"要这么复杂吗？"

"你以为选衣服？你是要选你将相爱一生一世的伴侣呀！"

"第一回合比什么好？"

礼仪灵机一动，对礼兰说：

"你的生日快到了，就比礼物吧！其实送礼物也是一门学问，可以从他们送给你的礼物中衡量他们对你的心意。"

生日那天，礼兰在家中开了个派对，她没有当众拆礼物的习惯。曲终人散之后，她躲回房内拆礼物，心情非常紧张，她真的很想知道学友和俊南送她什么礼物……

学友好像只送给她一张生日卡而已，她真有些失望！

拆开信封，映进眼帘的竟是一张特制的生日卡！卡上写着：

"送你一束花留不到几天，为了把鲜花留住，我上了押花课程，亲手把鲜花摘下押干，亲手把一朵朵小花贴在卡片上，再封压上胶套把鲜花永远保存，象征着永恒！"

她很感动！二十八年来，她从来没有收到过如此用心设计、亲手制作的生日卡，她双手握着卡紧贴着自己的心房……感觉很罗曼蒂克、很温馨……

她带着激动的心情拆开俊南送的礼物，出乎意料地收到"一对老伴坐在秋千上"的陶瓷制成品，她真有点啼笑皆非，从来就没想过竟有人会送这样的生日礼物！

把玩着这精制的陶瓷品，老伴俩样貌都很和乐安详，能与自己的另一半白头偕老，应该是很幸福的事……可是，自己又不是新婚，俊南有什么理由送这么一份礼物给自己？想着想着……俊南那傻乎乎傻得很可爱很单纯的脸一再出现在她眼前……她拨通俊南的电话，问道：

"喂，俊南，我可以问你为何会选这么一样礼物给我吗？"

"在选礼物送你的时候，我一眼望去就喜欢上这陶瓷品，它给人一种很幸福很舒服的感觉，我想人生的最终目标，也不过如此！最先只是想买下来给自己的，可后来想与你分享这份感觉，就送给你了！"

放下电话，礼兰觉得就选礼物这小事看来，也真如其人！俊南这人就是那么的单纯，很直接，没什么心思，不太

167

用心但很真心！

正在沉思，学友的电话拨来了：

"收到我这份独一无二的生日卡，一定很感动吧！"

"谢谢你，谢谢你。"

"还是我亲手制作的，你很喜欢吧？"

"喜欢。"她也不知道为什么，先前那份感动已渐渐淡去。

第二回合，从约会考耐心。

礼兰约了学友，却故意迟到五十分钟，连他拨来的电话也不听。

迟到五十分钟，也真离谱！可学友也真有耐心，也没生她的气……

"真不错，这人够耐心！"连礼仪也赞不绝口。

轮到俊南，他只等了四十分钟，就匆匆离去……

"他出局了！"在暗中监视的礼仪用手提电话通知礼兰，"你不必来了！"

"就只差那十分钟也没耐心等下去！"礼兰真有些失落！她真的想不到结果会是这样！

这样的结果，她很不高兴！独自徘徊在路上，气在头上，连俊男拨来的手提电话也不想接听。

她走啊走，最终拖着疲惫的身躯回到家里！

"礼兰，你没事吧？"母亲担心地问。

"会有什么事？"

"你不是约了俊南吗？"

"是呀！"

"可是你没赴约，电话也没接，他拨电话来询问，我们说你早就出去了！听说你出去了可又久久不见人，他担心你出了什么事。他从餐厅沿途找到我们家楼下，说你一回来就请给他一个回电。你回来时没见到他吗？我看他还在找你……"

礼兰打开手机想回电，一看记录，整整十多个留言，开了留言信箱，一听，整个人呆住了！

句句声嘶力竭、扣人心弦的留言，显示出他的焦虑、担忧、紧张、不安……

"难得有情郎！"礼兰心里非常清楚，之前对俊南"多十分钟也不能等"的失落感早已显示自己其实是倾向了俊南的……怎么能够让"比较"来妄下定论？害俊南如此心力交瘁，自己也很痛心，于是赶紧回电给他：

"俊南，对不起！对不起！我有急事不能应约，手机电池又没有充到电！"她不得不用谎言回话，难道告诉他自己故意迟到来考验他？

"没事就好！没事就好！"

礼兰深深感觉到他言语中的兴奋和宽容……

难忘情人节

自从晓燕被公司派到台湾总公司去受训，江哲与她唯有以网上谈心代替天天见面拍拖……

"晓燕，说是六个月的训练课程，时间过得真慢，才三个月不到，好像已经很久了……今年情人节，我们只好在不同的国度，望着同样的月亮思念情人和家人，守在电脑前通过电子邮件情话绵绵……"

收到江哲的电子邮件，晓燕禁不住把满腔牢骚一倾而出：

"热恋三年，没有共同度过一个浪漫难忘的情人节！算是什么情人嘛。三年前，我们刚好在情人节之后认识，同时有相识恨晚的感觉，因为彼此都是刚好在情人节感怀没有对象而虚度情人节的感情失落者……第二年的情人节，你哥哥结婚，你陪着哥哥被劝酒的亲友灌醉了！去年情人节，你刚好被老板带出国看展览……而今，我又身在台湾……"

"晓燕，我们放眼将来吧！你很快就会完成训练课程回来，我们不又可以天天在一起了？"

"哲，你不想念我吗？我时时刻刻记挂着你……情人节你就想办法来一趟台湾好不好？让我们一解相思之苦，又能留下甜蜜的回忆，你说好不好？好不好嘛……"

"我尽量安排吧！我年假所剩无几，最近我负责一项非常重大的计划，一直在赶工，恐怕老板也不肯放人！"

"哲，每每想到我们为何不能像其他情侣一般好好地相约情人节？不由不令我担心我们是否有缘无分……"

"别胡思乱想了！没有缘分我们就不会相识、相知、相爱了！晓燕，为何不想一想我们的将来会有多幸福！我们都是很踏实的人，现今我们各自努力、各自精彩，他日当能共存共荣！"

看来，江哲是不可能到台湾陪自己过情人节了！晓燕非常清楚，他确实是个踏实的人，做什么总有道理让你不会责怪他，要不然自己也不会喜欢他、爱上他！

失望归失望，情人节那天，晓燕也像所有热恋中的男女一样，一下班便各自赴约去……她得第一时间赶回宿舍，坐在电脑前与远在祖国马来西亚的情人江哲谈情说爱……

打开电脑后，荧光幕上显现那令她雀跃万分的字眼：

"亲爱的，若无意外，你下班之后，不会再收到我的电子邮件。也就是说，我应该可以赶上下午四时的班机到台北来赴情人节之约！"

真是意外的惊喜啊！晓燕立刻赶往机场。

还有半小时……还有二十分钟……十分钟，她紧张地倒数着时间，一想到情人打从老远的祖国赶来见自己，心里甜丝丝地幻想着两人情人节浪漫之夜的情景……

"快了！快了！很快就可以见面、拥吻了！"她心跳加速。

可是，飞机在将要着陆那一刹那，竟然失控冲出跑道，并在一声爆炸声过后燃烧起来。噩耗传出之后，机场接机的人潮乱作一团……

"不是真的！不会是真的！全部是我的幻觉、是幻觉！哲没有说要来……哲还好好的在大马坐在电脑前拨动键盘……"晓燕但愿时光倒流回到中午、回到早上、回到昨日……

还好，晓燕读了一回又一回，证实失事飞机搭客中没有一名叫江哲的人士。可是，她拨电话回到大马江哲住家，又没人接听；赶到电信中心查询电子邮件，发觉令她又气愤喜极而泣的留言：

"亲爱的，我是在机场被老板派人'拦劫'回公司的！对不起，又令你失望了！我想你是深明大义的，做我们这行业，往往身不由己，只要顾客对我们的设计有意见，就得改到他们满意为止。那设计明天早上就得用到，奈何？老板答应赶完工多补我两天假，我迟一天到台湾，可多相聚两天，也还划算吧？我得赶工不能网上传情了！不过，请开启我的活动网页看看我送你什么？"

"活着就好！活着就好！"晓燕捏了一把冷汗，松了一口气，然后给江哲回话："你原本要乘搭的班机失事，吓得我灵魂都几乎飞走！你因为要赶工逃过了鬼门关，诚属大幸；安心工作吧！别再赶来见我了。"

晓燕心里慢慢平静下来，快快乐乐地观赏着江哲为情人节而制作的活动网页，那重叠着、大大小小跳动的红心；那正在绽开着及不断扩大的玫瑰花……比什么都更有情调更浪漫……

最后的晚餐

她漫无目的地走到江边，心想：

"跳进江算了！反正不会游泳，一定会被淹死！"

她摸摸裤袋，还有点钱。

"吃饱才死吧！做个饱鬼总比做个饿鬼好。"

来到餐厅，侍应生把餐单送上。

她发觉这餐厅老板真用心，把餐单设计得这么美，看起来每道菜都经过精心设计！她点了一道美食和甜品，望望四周，每个人——单身的、一双一对的、成群结队的、一家大小的，个个吃得不亦乐乎……

看来，没有一人像她一样，是来"最后晚餐的"！

一道美食摆在她眼前，她心情好多了！

只吃甜品的当儿，她食欲加强了！她又多点了个甜品……

美食当前，她心情慢慢好转……

他，那负心郎无情的"死相"似乎又像冤魂般出现……

可她想，就算她看不开死了，他也不是照旧风流快活？

她为何还要伤害自己？

从此，她一不开心就想到美食。反正，点到不好吃的可以再点别的。

她爱上美食了！她可以尽情地爱，美食是不会变心的！

她可以挑食、尽情地挑食；可以情有独钟同时又能博爱，也不会伤害到任何人，与美食谈恋爱多好，永无烦恼！

她没有真正快乐起来，她只是不选择死，却选择了"大吃特吃"来麻醉自己……

她不只快乐不起来，还有了身材变胖的烦恼。其实，她还未能放下那段感情……其实，那只是一个她自以为可以放下的假象……

祸从口入，渐渐地，她胖起来了！她不止失恋，还更难找到恋爱对象！

她更痛苦……但是她没有绝望，也没有想死的念头……

从哪里跌倒就从哪里站起来吧！

她一次又一次地提醒自己……

她需要一些时间……

迟来的春天

对丽娟来说，这一刻是她人生另一个重要的里程碑。

学弟、学妹们一个个上台领取专业学前教育初级证书时那充满朝气的阳光笑脸，象征着对前程信心满满。

接下来，将颁发的是学前教育高级证书。

她已经历过前段路程，她将领取的是学前教育学士证书，虽然年纪稍长，有志者事竟成，她终于有机会戴上方帽子了！

十八岁那年，她美梦成空，眼见同窗们一个一个奔向自己的理想，而自己却面对足以改变一生的晴天霹雳，经过十二年4380日的窗下苦读，在要闯关的一刻，跌了一跤，落后了。若技不如人，顶多怨自己，可是她向来成绩优秀。在满怀希望那一刻，二弟的病严重得让爸不得不丢下自己创立的小生意，陪他出国医治，且医药费又是一项重大的负担，她不只不能出国留学，还得代父管理业务。由于经验不足，她必须步步为营，因为那是维持家计的唯一源泉，她战战兢兢，唯恐有失，哪还有心情半工半读？

二弟不治，爸很伤心，因为失去家中唯一男丁，虽接管回业务，却无心发展，爸见那小小的家族生意，不想误了女儿前途，刚巧有一集团要请人，爸就鼓励她去尝试，因为欠缺一纸大专证书，努力多年，眼见许多学历比自己高的人，一进公司，薪金比自己高，职位也比自己高，她于是萌起创业的念头。

她一直在盘算，手头上存的资金不多，还想修读一个学位，必须寻找一份收入能固定，又有多余时间可攻读课程的工作。结果，想到与友人合资开一家幼儿园，同时利用周末及学校假期攻读学前教育课程，其实这正是她想选读的科目。

这天，她圆了戴上四方帽的梦，她还意外地遇上以前的一位同窗程程，他是一位与她一同攻读学前教育一同毕业的同学的哥哥，他俩谁也没想过会在这种场合遇见对方：

"丽娟，你不就是欧阳丽娟吗？"

"程程！为何会在这里遇见你？"

"易秀容是我小妹，我来观礼的，未料到也是你的大日子。"

也许相隔太久，两人变得无话……

"丽娟，我真替你感到骄傲和高兴！我好似突然放下心中大石和牵挂。"

丽娟满脑子问号……

"当年，出国深造前，同学中，因为你家境突变，我们最放心不下的是你。"

"都过去了！"

"我一直想联络你，可是后来联络不上，断了……"

"因为自尊心作祟，我突然觉得我们离得很远、很远，就不想联络了！"

"不是搬家了吗？"

"后来，也真是搬家了。"

"你当时应该继续联络我们的！突然没有了你的消息，你知道我们有多担忧。"

"二弟去世后，我父母像面对世界末日，我还得费心费力将父母对儿子的期许慢慢转移到我这女儿的身上，我得加倍地努力，面对学习与工作，那段日子撑得很苦，哪还有闲情与你们联络……"

"友情的关爱和支持，其实也很重要。"

"可那时我不是那么想，我得振作精神，苦苦奋斗，才能改变命运的安排……"

"现在可好了！"

"我圆了戴四方帽的梦了。最重要的是，我创业有成，最近我们开了一所分院，增设了托儿所，也算是创业成功吧？"

"难得！难得！"

"现在，我父母以我为荣，逢人便说，我大女儿最能干、最贴心了。"

丽娟一时太兴奋，遇到昔日同窗，感怀更深，话说多了，惊觉自己有些失态……

可是，对程程来说，整个人好似释怀了、轻松了！惊觉原来丽娟在他心中一直是有点分量、有点牵挂的。

此刻，丽娟的父母正走了过来找女儿拍照留念，惊闻二人是昔日同窗，且双方目前还是单身，一时乐开怀，冲口而出：

"你们真有缘！"

害得丽娟和程程两人都红了脸……

需要您的祝福

林佳嘉知道林爸爸对她很失望，因为林爸爸一直希望自己的独身女能给他找个好女婿。林爸爸眼中的乘龙快婿当然是人中龙，非富则贵、有才华人品好；可最近佳嘉身边最亲密的男朋友，只不过是个普普通通的打工仔，出入也没汽车代步，只能驾着摩托车载着佳嘉穿梭在车阵中，怎不令他担心。

一天，林爸爸对佳嘉说：

"女儿，男孩子多得是，以你的相貌才华，选对象应该苛求一点，结婚是一辈子的事，千万要慎重！"

"爸，我选定了，我的结婚对象就是方明志了！"

"他有什么好？"

"他的优点可多呢！"

"数数看可数得出十样优点？"

于是，佳嘉如数珍宝般一一念给她老爸听：

"其一，明志薪金虽不太高，但最少有三十多巴仙薪金存入银行。"

"他说你就信，你看过他存款簿子？"

"他刚取出部分存款与人合股做点小生意，迟些日子打算自己出来创业。"

林爸爸认为做小生意，收入未必稳定；佳嘉则认为明志有志气、有抱负！

"爸，他是贫困家庭半工半读出身的，万一生意失败，回乡割胶也能养活妻儿。"

"粗人一个，就不知道你看上他什么。"

"其二，明志是个爱家的人，省钱省用又肯供弟妹读书。"

林爸爸认为他对家人太好，以后女儿会吃不消！佳嘉则相反，她认为对自己家人好的男人，一定也不会反对妻子对外家的人多加照顾，认为他将来也一定会是负责、顾家、爱太太爱孩子的性情中人！

"其三，不抽烟。其四，不赌博。其五，不喝醉酒。"

林爸爸也认为这是择偶的最基本条件。佳嘉看得多了，多少抽烟的男人拍着胸口说肯定戒烟，结果不又抽回？不会赌，未必将来不会染上赌瘾而倾家荡产，而明志是会看人赌自己却从不下场赌甚至常替人买夜宵的一个人。喝酒是生意人社交的一部分，最重要的是能有节制……所以，明志喝酒总是适可而止，看在她眼里，这些都是优点！

"其六，他很有耐心。"

林爸爸却认为这恐怕只是个假象，一般男人对女朋友都很有耐心，将来对太太未必有耐心。佳嘉反驳他，因为她早发觉明志对妈妈、对弟妹、对朋友都一样有耐心。

"其七，他老实，不口花花或对美女吹口哨。"

林爸爸认为明志也许只是在女朋友面前不敢表露出来罢了！佳嘉却表示，明志身边的朋友人人都说他老实，应该错不了。

"其八，踏实，以前不买车为节省无必要开销，后来因为心疼我骑摩托车日晒雨淋才买车。"

"买车了吗？"

"刚买。"

"其九，人缘好、讲义气、乐于助人……宁可人负我，我不负人。"

"女儿，好好先生容易吃亏！"

"我欣赏他的真性情，我最讨厌虚假和只会利用人的人。"

"其十，谦卑。十一，好学。十二，有爱心……"

"够了！够了！"

父女俩话还未说完，明志已从门外冲了进来，打过招呼后，但见他小心翼翼地把一个很精美的小纸袋打开，从里面把一个玻璃杯捧出来，很兴奋地把它交给佳嘉说：

"送你一'辈'子的爱，这'杯'DIY蜡烛可是我亲手做的哩！"

"亲手做的？很美！很美！你是怎样做的？"佳嘉爱不释手。

"我学的！带你一起去制作，很浪漫吧？佳嘉，你看，这白色晶莹的是果冻蜡，我们先寻一个玻璃杯子，在里面摆进粗和细的彩沙，然后用自己的创意摆设景物或小饰品等，倒进晶莹透彻的果冻蜡，在透明胶纸上写上祝福的话，慢慢置入杯中，放上蜡烛芯，就可以亲手制成这样亦浪漫又温馨的可爱的DIY蜡烛，送给至爱的人了！"

佳嘉回到房里拿手提袋准备跟明志出去的当儿，经过老爸身边，在他耳边送上一句话："我就喜欢他粗中带细，很用心还很浪漫吧？"

从房里出来又在爸的耳边加上一句："爸，我们需要您的祝福！"

见女儿没有被爱情冲昏头脑，且还能理智地去读人，证明佳嘉已成熟和有自信，林老爸就算不太满意，也没有反对的理由，反正女儿的终身大事最终还是让她自己做主……

醉

　　朗平醒是醒过来了，可整个头沉沉重重的，周身酸酸软软的，尤其是肩部像被什么压住，想把手提起也力不从心……

　　头昏脑涨却一片空白，看来是缺氧后的后遗症！经验告诉他，昨晚一定喝得很醉很醉！醉得连自己怎样回到家里、何时回到家里……全都记不起来了！

　　昏昏欲睡的他，再睡又是数小时，恢复意识时，已是中午时分。他虽然完全没有食欲也不想起床，可是接听国忠拨来的电话后，他不得不应约与国忠共用午餐，然后到医院去探望一位因交通意外受伤的老朋友老陈。

　　从医院出来，国忠刚踏上车就问：

　　"刚才没留意，你的车子前面撞到什么了？为何扁得这么厉害？"

　　"没有啊！哪有撞到什么？"

"不会是刚刚给人退车时撞了就走吧？车给人撞了就走还不要紧，刚才与老陈同一病房的那个年轻人听说是昨晚在沙亚南大道被人撞了就走，没及时送院，被发现送院已昏迷不醒，不知会不会变成植物人？"

"撞了就走？撞了就走？"朗平心神彷徨，"怎么会撞了就走？"

把国忠送回家，朗平下车小心视察车前撞及的部位。一路上，他努力去想，到底自己昨晚宴会过后，是怎样把车子从沙亚南驾回家的，无论怎样想，就是一点印象也没有……

他越想越害怕。没有印象是不是就等于没有事？从沙亚南回到家约一个小时的时间，自己若是清醒怎会全没印象？到底自己有几分清醒？

这约一小时的时间若不清醒，什么事情都可能发生！酒精能令人迷失自己甚至失控……要么驾到不归路一命呜呼，又或……又或撞了就逃……撞了就逃……

植物人……植物人……撞了就逃……撞了就逃……凶手……凶手……坐牢……坐牢……意外……意外……扁扁的车头……

酒……酒……酒杯……酒杯……

一片空白……可怕的一片空白！

车子在家门前停了下来。

他的冷汗从手心、身体各部位冒了出来，湿透全身衣服……

呆呆地坐在车上，他发觉自己控制不了自己的腿！

这时，邻居邱仁也刚回到家，下了车向他走来并示意他开车窗表示有话对他说：

"朗平，对不起，今早赶着出去打高尔夫球，退车时不小心撞到了你的车，按你家门铃又没人应门，现在才向你道歉。你的车修理好账单交由我付钱，对不起！"

"小事情，都十几年的老邻居了，别放在心上！"

朗平打着哆嗦！小事情……小事情……没闹出人命就好！

附录

曾沛小说的艺术特色

黄庄薇

艺术技巧

读曾沛的小说可感受到作者对生活有着深刻的感受力、理解力和洞察力。曾沛敏锐地捕捉生活中的人与事，加以艺术地提炼与再现，融进了作者对人生以及事物的理解与情感。

曾沛的小说艺术技巧呈多样化面貌，东瑞将其艺术技巧分为五种。

一、焦点集中，将人物放在一个 险境"中开展情节。说情节巧又非人为之巧，毕竟这些巧都是一种需要。例如《种计》一文中，公司即将提升的双方居然是一对情侣。其他例子如《难忘情人节》《人才外求》等。

二、文学悬念的运用。曾沛的小说悬念自然，前面的部分吸引读者紧接着读下去，末尾才让读者有种"原来如此！"的感觉。《爱的路上》《勿让爱太沉重》《回家》都运用了这一艺术技巧。《回家》的小说情节是父亲从国外回来后想回长子家，家人生怕大哥死亡的噩耗会刺激到他，迟不安排他回家，"悬念"一直到小说末端才被揭示。

三、篇幅精短，事件很小但饶有兴味，并教读者在阅读后作进一步联想。例如：《保护令》的情节简单，却生动地反映了贫穷小人物的无奈与可悲。《车祸》以及《汽车爆胎》亦运用了这一技巧。

四、以物寓物，融为一体，心声细述，制造出一种意识流的独白效果。《妙言妙语》接近一种内心独白体，女主角将在公司内所受到的怨气发泄在猫身上，在跟猫的"语言交流"中对人际关系做了辛辣的讽刺。其他例子有《除非天塌下来》《星星知我心》等。

五、以简约的对白推动情节，直捣人性核心，并对政治的本质作出披露。另外，对政治竞逐场的百态、选举文化的面面观做出有力的反映并有所嘲讽。这一技巧的代表作有《改选》和《出奇制胜》。小说中充满自觉，大多都能达到以小见大的艺术效果。

白舒荣在《生活的万花筒艺术的百草园》中提及曾沛的小说运用了多种艺术手段。

一、重视开篇的第一句话，或直奔中心题旨，或制造围绕着主题的悬念。《巧手》一文的第一句是："好勤快的姑娘！"这是女主角赛芬做人的主要品质，也是她赢得尊重和爱情的重要原因。全文就是围绕着这句话做文章的。《那双眼》《情爱世界你和我》《美梦成真》都运用了这一艺术技巧。

二、巧妙地运用了隐喻和象征等表现手段，使作品意味深长。《遍地小黄花》一文中的小黄花出现过两次。一次出现在再婚男女的新居周围，隐喻并象征着这对不被子女看好的再婚夫妻共同生活的美好；另一次出现在男主角去世后与前妻合葬的墓地，隐喻着未亡人对逝者的真情，消除了子女怀疑父亲的再婚对象看上他家财产的偏见。其他例子有《那双眼》等。

三、应用戏剧的艺术表现手段。《身在福中》运用了对话方式——老姐妹两人的对话，以及妹妹的媳妇叮咛婆婆的话，通过现场实景的换地体验和换位思考，让一对老姐妹体悟到媳妇关心自己的一片孝心。《妙言妙语》及《汽车爆胎》也运用了这一技巧。

曾沛的小说视觉多变，她善于选取最能清晰准确地表现生活事件的角度来透视生活，或以小说中主人公为第一人称来写，或以次要人物的角度来观察主人公，或采用作者全知的第三人称叙述法，她都能依内容需要变换观察角度。曾沛很多篇作品采用了第一人称　我”，在众多小说中　我”的身份都不同，给予读者新鲜感；而曾沛也都能将　我”的心态很具体生动地刻画和描绘出来。运用第一人称艺术技巧的例子有《敏娜》中的　我”最初是一名学生，而后成为教师；

《病人》中的"我"是位私人护士;《爱情·亲情》中的"我"是处在父母离婚阴影下的女儿。其余的例子有《身在福中不知福》《今时往日》《修车的日子》《阿公七十岁》等。小说并没有出现千篇一律的腻感,作者的布局是很细腻很聪明的,巧妙而不失自然。

曾沛小说人物形象的刻画和塑造、结构的安排、情节的推展都达至一定的水准。作品既有内涵又有新意,能引发读者对现实社会作出更广泛的联想。小说不以情节取胜,而是以人物的性格、形象的突出、心理刻画的细腻生动引人。作者并不一成不变地塑造人物,还在一定的程度上写了人物的转变,给人一种丰满的感觉。曾沛看到人生中的缺憾、社会存在的种种问题,她并不回避,而是挖掘出来并表示她的态度。

小说的素材与细节都非常丰富,展开时从容不迫,其中的对话亦十分生活化。曾沛的叙述语言平实朴素而蕴涵着深刻的人生哲理。

曾沛的小说整体上来说并没有过于复杂的情节,但仔细咀嚼就不难看到作者小说世界的视野是广阔的。曾沛小说内收入的作品给读者一种印象,这些作品乍眼看去面貌殊异,但只要细细地去体会就会发现每篇作品都活跃在统一的艺术氛围里,处在统一的观念与情绪控制之中。

写作特色

写作特色是标志作家拥有其个人特色的一项重要印记。阅读曾沛的小说不难发现，作者拥有着几种属于她个人的写作特色：

一、小说中常出现歌词与诗。这一特色在曾沛的小说集《行云万里天》中尤其明显，小说集内十一篇作品中有七篇体现了这一特色，其中包括《梦中的橄榄树》《抉择》《人到老年》《灵魂工程师》等。《梦中的橄榄树》一文的末端叙述女主角妙君轻轻地拨弄吉他的琴弦，边弹边唱：

不要问我从那里来，我的故乡在远方。
为什么流浪，流浪远方，流浪……
为了天空飞翔的小鸟，为了山间轻流的小溪，
为了广阔的草原，流浪远方，流浪……
还有还有，为了梦中的橄榄树……

曾沛巧妙地运用了三毛创作的《橄榄树》来为小说结尾，更加衬托出妙君欲走遍天下，希望能借此体验生活，然后从事创作，通过作品影响他人的决心。诗歌与歌词的运用更能够带出作者想要表达以及呈现在读者面前的意境，亦使读者对该作品印象更为深刻。

二、完美结局也是曾沛的一个写作特色，作者多会安排

笔下的人物拥有一个完满、美好的结局。《拥住阳光》叙述男主角顺民欲向女朋友淑芬求婚但却难于启齿，因顺民的母亲患有洁癖症，顺民不想淑芬结婚后跟他一样受罪。淑芬在得知顺民母亲的情况后决心与顺民共同面对;《信是有缘》与《情有独钟》属上下篇，讲述有情人终成眷属的故事。曾沛的小说赋予人希望与信心，读了后有所启发之余也有能力使读者信心重振，再次对社会、对周遭的一切充满希望。小说中的主角虽遇到了困难和阻碍但都不言放弃，最终得以达成目标，这一类的小说情节常出现在曾沛的作品中。曾沛要利用作品、利用小说人物将这一种信念传达给读者与大众。

三、对于曾沛而言，其最大的写作特色是环绕着每篇作品的"爱"的题材。曾沛希望能够通过作品中所宣扬的"爱"，为社会、为读者带来一定的改变、一定的启发。以"爱"为主的小说数量甚多，例如《阿公七十岁》《媳妇》属于大爱;《情爱世界你和我》《遍地小黄花》《爱的宣言》《身在福中》《眷眷爱心》《夕阳》《包袱》等篇都属于私人情感。